美しき闘争　下

新装版

JN066602

松本清張

角川文庫
22906

目次

八章　異　変

1

恵子はアパートで朝を迎えた。

明るい空だった。屋根の間に見る木立の葉が色を冴《さ》えさせている。

恵子はそれを見た途端に、今日、小説界社に行くのを止《よ》すことにした。人間は天候の加減で気持が決まることがある、と思った。昨夜までは迷っていたが、空気の澄んだ、朝の光線の満ちた中にいると、あの出版社もこれきり辞めてしまう決心がついた。

こちらから辞めれば、今月分の給料はともかく、退職金は一文も出さないに違いない。いや、その給料にしても、社長の竹倉があとで何かきっかけをつくるつもりで、容易に手渡すとも思えなかった。

財布の中は二、三万円の金しかなかった。今月分の給料を貰《もら》えないとアパート代も出ない。が、それが欲しさに出勤すれば、またずるずると、あのいやな職場に残るような結果になりそうだった。

竹倉にしても、前川にしても、大村にしても、どうして出版社の人間はこうもいやな男ばかり揃っているのか。そこは、近代的な企業体に見せかけて、実は前時代的な人間の醜悪な集まりでしかなかった。彼らには建設というものが少しもない。行当りばったりの企画で、当面の金儲《かねもう》けになりさえすればいいような商売だった。働いている人間も、自由な気分という錯覚上の横着さと怠惰とを一日の勤めの中に求めていた。

恵子は、もうこのような世界から身を引いて、全く関係のない仕事に移りたいと思った。なまじっか少し筆が立つと思ったのが間違いだった。これが一流出版社で、正規な入社試験を受けて入れるような資格ならともかく、年齢的にも、経歴的にも、彼女には望みがなかった。

初めは身を引くことを山根に相談しようと思ったが、この前の病院のいきさつから、彼に逢《あ》う気持も放棄することにした。誰にも黙って、自分だけこっそり転換を図りたかった。

それにつけても、このアパートも早急に越さねばならない。勤めに出ないとなれば、ここを知っている山根も、大村も、それから前川も嗅《か》ぎ出してくるに違いなかった。

しかし、恵子には金がなかった。アパートを移転するにしても、新しい部屋の敷金もなかった。

といって金を借りにゆくアテもない。その経験もなく、勇気もなかった。

しかし、小説界社を辞める決心がつくと途端に、気持が晴々とした。所持金がなくとも、また明日からの生活費の補充に当てがなくとも、あのねばねばしていやらしい職場と縁が切れた爽快《そうかい》さだけを今は十分に味わいたかった。

彼女は全くの自由の身になったような気持で、部屋の掃除や、溜《たま》っている仕事に取りかかった。久しぶりに健康で清潔な精神になった。

恵子は買物に出た。今日だけは昼の食事を自分の好きなものを作って食べたかった。あの出版社にいるときは、いつも近所のみすぼらしいてんや物ですましていたのである。

恵子はマーケットに行った。

金はなかったが、嫌な会社を辞めたと思うと気分が晴々として、魚屋、八百屋、乾物屋、惣菜《そうざい》屋などの店を見て歩くのは愉《たの》しかった。

肉屋を見て山根のことを考えた。いまごろは、あのヒステリックな病妻のところで、暗い顔をして付き合っているのであろうか。それとも、今日あたりは社に出ているのだろうか。

恵子は人間の善意がどこまで他人に素直に通るのか考えたくなった。他人から誤解を受けないためには結局自分が何もしないほうがいいのだ。他人に何もしないことが誰からも傷つけられなくてすむようであった。自分だけのことを考えてエゴの中に自分を閉じ込めるほうが、他人との嫌な摩擦を起さないですむかのようだった。

もとより山根の病妻は異常な神経の持ち主なのだろう。普通の人間が病気になってあの異常さに変ったのか、もともと彼女の精神にあの異常さが潜んでいたのかは分からないが、山根が西荻《にしおぎ》から肉を買って帰る妻への善意の行動が、恵子の見舞いという善意と重なって彼女の誤解を起し、夫を傷つけ、彼女をも傷つけている。

竹倉や、前川や、大村などに至っては、普通の人格では考えられない。恵子がたまたま編集者として未経験者であり、夫と別れたばかりの独身女であるというところが彼らの興味を誘ったのだ。その異常さが、あのような種類の出版社の中に含まれているのだった。

恵子は今日だけは思いきり贅沢《ぜいたく》な食物を作ってみたかった。それがあそこを辞めた記念のようでもあり、これからの生活の出発になるようにも考えられた。

マーケットを出た。

しかし、明るい町に出ると、やはりこれからのことが考えられる。たった三万円ではどうすることもできないと分ってくる。忘れようとするのは一時だけのことで、これからの生活の中にやはり自分を見失っていきそうな予感を覚えるのだった。

すぐ家に戻る気がしなかった。足が別の道をとらせた。

或《あ》る路地の奥に「派出家政婦会」の看板が見えた。二階屋のしもた家だが、ヒバの垣根にその看板は立てられていた。

恵子の足が停った。

「会員至急募集——未経験者でも勤められます。住み込み、通勤自由。高給。いずれの家庭からでも歓迎されています」

　恵子の眼がそれに吸い寄せられた。

「住み込み」というのが魅力だった。借金の当てもなく、移るべきアパートの敷金もないとなれば、いまからでも自分の寝る場所と仕事とが与えられるこの現実はともかく当面の活路ではあった。

　後ろにこっそりと通りかかる足音がした。

　背の低い大きな体格の中年女だった。恵子の後ろを通り過ぎてふり返り、おだやかな微笑をみせて立止った。

「失礼ですが、この会に入会のご希望の方でしょうか？」

　恵子のほうが戸惑った。とっさのことで挨拶《あいさつ》ができないでいると、

「わたしはこの会の会長で、浜島という者です。ご希望でしたらご説明だけでもしますわ。いまだったら、ちょうどいいチャンスですわ。わたしのほうは、いま手が足りなくて困っているんですの。それに収入も昔と較べて、較べものにならないくらいよくなっていますよ」

　肥えた家政婦会の会長は、恵子をつかまえて放さなかった。よほど会員の手が足りないものとみえる。

「いかがでございますか？　いろいろご事情がおありでしょうが、一度当会にお入りになっては？」

恵子は曖昧《あいまい》に微笑した。

「そりゃ、初めての方はいろいろとご心配があるかもしれません。でも、普通のお手伝いさんと違って、家政婦会からの派出婦といえば、どちらさまもその人の信用といいますか、人柄を立ててくれます。給料も三度の食事付きで、普通のお手伝いさんより比較にならぬくらい沢山とれますよ」

「はい」

「いま、どこの家庭もお手伝いさんの手不足ですから、チヤホヤと大事にされます。ウチの会員は全部で五十人ばかりおりますけれど、病気で休んでいる人をのぞくと、遊んでる人は一人もありませんわ。それでもまだ会員が不足です。方々から電話で申し込まれますが、いつも叱られながらお断わりしていますよ」

会長は肥えた図体《ずうたい》にかかわらず、弁舌はなめらかだった。

「家政婦というと、なんだかご本人は自尊心が傷つけられたように思われる方がおりますけれど、変な料理屋の女中さんよりは、よっぽど立派ですわ。水商売となると、どうしても女は崩れがちになりますから……また、世間もその眼で見ますわ。そこへいくと、同じよそ様の住み込みでも、世間からは変な眼で見られるということは決してありません。それどころか……」

と、ふいと気付いたように、

「はい」

「あの、失礼ですが、ご結婚なすっていらっしゃるんですか？」

と会長はきいた。

「いいえ、独りですわ」

「おや、まあ、そんなら尚更《なおさら》ですわ」

肥《ふと》った女は細い眼を輝やかした。

「そんな方がいちばんご先方に喜ばれます。なかには、大へん気性《きだて》がいいとか、働き者だとか賞《ほ》められて、先方からいろいろ規定以上礼金をもらったりしています。仕合せな方は、息子さんの嫁にとか懇望されるということもございます……ウチの会員でもそんな方がもう十人もいますよ」

「まあ、そうですか」

恵子はただ笑うだけだった。

「いずれ、くわしいお話を伺いに参りますわ」

「ちょっとお待ち下さい」

会長はハンドバッグを急いで開けると、四つに畳んだ印刷物を出した。

「これが当会の規則です。よく読んでいただいたら分りますわ……ね、そうでしょう。今ごろどこに就職なさるにしても、やれ戸籍抄本だとか、保証人だとか、履歴書だとか、面倒臭いことばかり。この会員だと、体裁を考えない限り、実質的には金を残すには一ばんの職場でございますよ……」

恵子は家政婦会の会長さんと別れて、アパートに戻った。

あの会長の話は愉快だった。だが、あのような会長がいるからといって会員になる気はしなかった。しかし、自分の最後の落ち着き先を見つけたような気がして安心だった。

マーケットで買ってきた材料でひとりで愉しく料理を作っていると、入口のドアが軽く鳴った。

恵子は、はっとした。今日、会社に出ないので誰かが迎えにきたのかと思った。誰かといっても使いの者ではあるまい。前川か山根か、それとも大村か。

だが、いつものような恐怖はなかった。夜でなく、これは明るい昼間のことだ。第一、社を辞める決心がついているので、何をいわれても強かった。

恵子はエプロンを外して、ノブを引いた。すると意外にも眼の前に赤い色彩が一どきに咲いた。

「今日は」

土田智子だった。扁平《へんぺい》な顔に一ぱい笑いを拡げている。恵子はあまりのことに、言葉が出なかった。この前のいきさつでは、とても彼女がここに来るとは思われなかった。予想もつかない人間が訪問したものである。

「この前は失礼」

土田智子は当然のように入ってきた。実際それは颯爽《さっそう》という形容がぴたりと当てはまるくらい、顔の表情も身ぶりも活気に溢《あふ》れていた。

「今日はお留守かと思ってきたのよ」

土田智子は赤いセーターにスラックスを穿《は》いていた。大そう活動的な服装だが、肥えているのでスラックスの胴回りが膨れ切っている。

「そしたら、ちゃんといらっしゃるんだもの、わたし、ツイているのね」

恵子は、ともかく座布団を出した。

土田智子は男のような恰好《かっこう》で腰を下した。

「あら、いい匂いね」

彼女は低い鼻を動かした。

「いま、お昼の仕度？」

「ええ」

相手があんまり馴《な》れなれしいので、恵子もこの前のことは、自分のほうが悪かったような錯覚さえ起きた。

「今日はお昼から社に出るの？」

恵子は戸惑って、

「いいえ、今日はずっと家にいます」

「じゃ、ゆっくりお話できるわね」

「なんの話ですか？」

「ね、井沢さん。あんた、あの社やめない？」

「え？」

「いいえね、今日はあなたにぜひ協力をお願いしたくてやってきたのよ。あなたなら、きっと引受けてくれると思うわ……わたしね、ほかの仲間といっしょに、今度、会を作ったの」

「会？」

「会員は女ばかりで、それに筆が立つ人に限定したの。これだけいってもお分りにならないでしょう？　実は女のライター・グループをやろうと思うのよ」

土田智子は座布団の上に横坐《よこずわ》りして煙草を吹かした。その平べったい顔は得意そうに上気していた。

「いま、週刊誌がやたら多いでしょ、どこも優秀な記者が足りなくて困ってるのよ。週刊誌だけじゃないわ。普通の月刊雑誌でも、だんだん、正式に入社させるより記事だけを買ったほうが採算がとれるという考えになって、どしどし、外部に注文を出してるのよ」

土田智子は恵子を口説きにかかった。この前のいきさつなど一切忘れた顔つきだ。

「ねえ、あんたも小説界社などに縛られてるよりはよっぽどいいわよ。第一、自分の実力でお金が取れるんだから。……上役への気兼もないし、勤務も自由だし、勝手なときに休んでいいわけだし、収入は何倍も違うし、これくらいいいことはないわ」

恵子はたったいま筆で立つことを諦《あきら》めたばかりだった。しかし、土田智子にそう言われると、また心が揺れてきた。

結局、自分の差当りの生活は派出家政婦しかないと分った直後なのだ。もし、あの肥った会長に会わなかったら、土田智子の申込みを一ぺんに蹴《け》ったに違いない。なまじっかあの現実を見たあとだけに、折角の決心が揺らいだのだ。

「もう少し具体的に聞かして下さらない？」

恵子も折れてきいた。

「そう」

土田智子は勢いづいたように坐り直した。

「あなたがそんな気になってくれたら、ありがたいわ。本当は、いま、わたしたちの仲間が少くて困ってるの。……いまのところ二人だけではじめてるんだけど」

「二人？」

「そうなの。でも、ほかにも口をかけてるから、いずれは集まってくると思うの。もう一人の人は前に婦人雑誌を編集していた人で、ちょっと年配だけれど、頑張り屋だわ。その人にあなたのことを話したの。すると、ぜひ、仲間に引っぱってきてくれと熱心に頼まれたから、こうしてやって来たの」

「………」

「男のライター・グループは多いけれど、女ばかりのライター・グループっていうのは少ないのがミソなの。男の取材はどうしても荒っぽくなるし、女でなければ出来ない対象だってあるわね。その人は筆も立つけれど、なかなか経営のほうも才能があって、きっとうまくいくと思うわ。各社に顔が広いから、その人がどんどん注文を取ってくるというの」

「…………」

「でもね、いくらなんでも、お宅はどれくらいの人数でやっていますか、ときかれたとき、たった二人っきりじゃ相手にされないからね。いま大急ぎでメンバーを集めてるところなの」

「…………」

「でも、やたらと人ばかり集めても、問題はその人の才能だわ。役にも立たない人ばかりを集めてもしようがないし、かえって信用がガタ落ちするからね。わたしはあなたならきっと大丈夫だと思うの。いいえ、極力あなたを推薦しておいたわ」

恵子は、あの小説界社を辞める決心になった日にこういう話が舞込んだのも、天の配剤のような気がした。

今晩七時に新宿《しんじゆく》裏の喫茶店で落合うという約束が土田智子との間に決って、恵子は彼女を帰した。

女ばかりのライター・グループというのは珍しい。男のほうは、一時は雨後の筍《たけのこ》のように続々と発生したが、近ごろは整理状態に入って、残っているのは少ない。

（会の名前は、ヘン・クラブとしたいわ）

土田智子は言った。

（ねえ、いい名前でしょう？　ヘンはもちろんメンドリだわ。これはペン・クラブにも通じるし、変なクラブというシャレにもなるわ）

恵子もそれは面白いと思った。その名前をつけたのも土田智子と組んでいる女性ということだった。

（名前はそのときに紹介するけれど、ちょっと年配だけど、髪を短かく切って小柄だから、ずっと若く見えるきれいな人よ。いろいろ恋愛遍歴はあったけれど、いまのところは独りらしいわ）

（むろん、雑誌社か新聞社かの経験はあるんでしょうね？）

（婦人雑誌社の記者として活躍したんだけど、その関係でなかなか執筆者の間に顔が広いようだわ。表面では独りだといっているけれど、どこかに金ヅルを持っていることは確かだわ。でないと、京橋《きょうばし》辺りのド真ん中のビルを一室借りるなんていう芸当はできないわ）

（店を開けても、注文がくるかしら？）

（そりゃ、大丈夫よ。いまいった女史が、その方面には顔だから、一応はどなたも仕事を出してくれると思うの。でもね、本当はそのあとがこわいのよ。誰でも最初は義理立てに一、二回は小手調べに出すからね。そのときに不成績だったら、あとはそれきりに

なるんだから、どうしてもここで頑張らないといけないの……そのために、わたし、あなたを推薦したんだわ)

(わたしのことあんまり大きなことは言わなかったでしょうね)

恵子は心配になってきた。

(そうオーバーでなく、適当にいったわ。亡くなった高野秀子先生の秘書をしていて、ときには代筆までやっていたって)

(まあ)

(女史それを聞いて、すっかり喜んでたわ。早くあなたのとこに行けといって煩《うるさ》くてならなかったの)

恵子は、土田智子の話をいまは明るい気持で思い出している。なんだかまた新しい世界が開けたようだった。

もちろん、それに絶対的な期待がもてるとは思えないが、少なくとも派出家政婦会に入るよりはやり甲斐《がい》がある。

恵子はなにかの文章で読んだことがある。瀬戸内海《せとないかい》を航行する小さな舟は、島に当るかと思うと海が開け、また島にふさがれそうになると別な海がやってくる。——今の自分の気持がそれだった。

2

恵子は夕方になるのを待った。

土田智子の持ってきた話で、その見知らない女性と七時から新宿裏で会わねばならないのだ。しかし、小説界社のほうも気になった。このまま黙って辞めるのも心がとがめる。不愉快な出版社だったが、いくらかでもそこに席を置いたとなれば、無責任に身を退《ひ》くこともできなかった。

少なくとも、山根だけには断っておきたかったが、あの病妻のことを思うと病院に行く気もしない。

といって、前川一徳に会うのも憂鬱《ゆううつ》だ。竹倉社長になると更に論外である。あの二人の前に行くとこちらの神経までおかしくなってきそうだった。普通の気持で話の通じる相手ではなかった。

だが、これをもっと分析すると、竹倉社長にも、前川一徳にも不思議な威圧感というものがあることが分る。それは強引という言葉に現わされているが、とにかく、あの自己本位で、一方的にしかものを考えないがむしゃらなやり方が、かなり迫力を持っていることは確かだった。

恵子があの二人の前に行きたくないのも、顔を合せるとこちらが彼らの強引さに負けてしまいそうな不安を感じるからだった。山根のようなおとなしい男の言葉も女性には一つの魅力だったが、竹倉や前川のような強引さもまた一つの圧力ではある。

恵子は部屋にいながらも心が落着かなかった。誰かが迎えにきそうなおそれと、こちらから先に断わっておかねば悪いような気とで午前中に得た平静さも失われていた。

結局はこちらから意思表示をするのが本当だと思う。だが、あの出版社に行く勇気はない。彼女はその辺の公衆電話で一応の用を済ませることにした。

「あ、井沢さん」

電話に出た男が彼女の声を聞くと、頓狂《とんきょう》な声を挙げた。

「いま、君の住所を探していたところだ。ちょうどいいところに掛けてくれたね」

その声が普通でなく聞えたので、思わず恵子は訊《き》き返した。

「何かあったんですか？」

「社長がね、いや、社長だけじゃない、前川さんもいっしょに君が来ないので心配していたんだ。……ちょっと待って。いま前川さんに代る」

声はすぐに前川のものになった。

「井沢君か、どうしてるんだい？」

彼は怒鳴るように言った。

「はい。あの、わたくし……」

恵子の声は前川の大きな声に抑えられた。

「なんでもいいから、すぐにこちらに来てくれたまえ」

「は……でも、わたくし……」

「疲れているのは分っているが、大へんに急ぐ用事がある。すぐ君に取材してもらわなければならないんだよ」

「でも、わたくし……」

「じれったいね。じゃ、電話でいうが、たった今入った情報なんだ。梶村久子が急に死んだんだよ」

「えッ」

恵子はわが耳を疑った。――

「梶村先生はどうして亡くなられたんですか？」

恵子は梶村久子と前川とを伊豆山《いずさん》の旅館で見ている。だから前川に直接事情を訊いたつもりだった。

「さあ、分らん」

前川はいらいらしたように答えた。

「とにかく、今のところ彼女が死んだという話だけだ」

恵子は、あっ、と思った。

前川は、全く他人事《ひとごと》のようにいっている。一瞬、彼女にはわけが分らなかった。

「亡くなられたのはいつごろですか？」

「今日の午前中らしい」

「やっぱり熱海ですか？」

思わず口からついて出た。

すると、受話器に前川の声が、ぐっ、といったような音を出した。彼はちょっと黙っていた。

「もしもし」

恵子が呼びかけると、

「熱海ではないよ」

と前川は怒鳴り返すようにいった。

「湯河原《ゆがわら》だ」

「湯河原？」

伊豆山ではなかった。これもおかしい。

尤《もっと》も、伊豆山と湯河原とはすぐ隣り合せだから、あのあとで、梶村久子は湯河原に移ったものとみえる。

「梶村先生は、病気で亡くなられたんですか？」

「そりゃ、君、病気には決っているよ」

「じゃ、急病なんですか？」

「詳しいことは分らないが、脳溢血《のういっけつ》かなにかだろうな。執筆中に倒れたんだそうだ」

「向うの旅館の名前は、なんというんですか？」

「それもまだ分っていない。とにかく、そういう情報がいま流れたばかりだ。こちらでいま調べている。いずれにしても、君、至急に社にきてくれ」

「梶村先生のところには、誰かが行ってるんですか？」

「誰もいっていない。万事はこれからだ」

変な話だった。

梶村久子には今度の新連載を頼んでいる。その人が急死したのだから、旅館の名前が分らなくとも湯河原と聞いただけでも誰かが飛んでいかねばならないはずだ。それもない。——

すると、恵子は昨日の午前中に社長が熱海から電話を掛けて、これから帰る、といっておきながら、帰社に随分時間がかかったことに気がついた。

そのため恵子は早く帰るにも帰られずに社に残っていた。ほかの編集者も同じように社長をじりじりして待っていた。

そこへ大村がやって来て、表で前川一徳と大喧嘩《おおげんか》をはじめたのだ。あれはすでに夕方だった。

社長だけでなく、前川も、林も、村山もすぐに戻ってこなかったのが、今から考えるとどうもおかしい。

恵子には約束がある。新宿で七時から土田智子とその紹介する女性と会わなければならない。これから小説界社に出かけると、約束のほうが間に合わなくなる。いや、社に顔を出したらどこへやらされるか分らなかった。

恵子はもう沢山だと思った。梶村久子の急死は、彼女にもショックでなくはなかったが、前に手伝いをしていた高野秀子の場合と違い、この人には少しの恩義もなかった。かえって嫌な思いがあるくらいだ。

「すみませんけれど」

恵子は電話口に断った。

「今日は、わたくし少し疲れていますので休ませていただきます」

「なに？」

前川が気ぜわしく言った。

「こちらは大至急の用事だ。とにかく顔を出してくれたまえ」

「どうしても駄目なんです」

もう辞めてもいい肚《はら》だから、恵子も強情に言った。

「いま、お医者からの帰りなんです。二、三日は休養しないといけないと言われてきたんです」

ここで、すぐ辞めます、というのも妙な具合いになったので、それはつい言いそびれた。

「君、君……」

前川の声が受話器の奥から喚《わめ》くのを、

「失礼します」

とこちらから電話を切った。

恵子は公衆電話を離れたが、ちょっと後悔に似た気持が起きた。

梶村久子の急死の事情をもう少し探ってみたいという興味である。女史が不意に死んだというだけでなく、それには前川の影がまつわっている。前川の短い電話の話だけでもさまざまな疑惑があった。

だが、そんなことにかかずらっていると、ずるずると元に戻されるような気がするので、あれでよかったとも思う。電話を切られた前川が、顔を真赤にして腹を立てているのが眼に見えるようだった。

暗くなった。――

恵子は新宿の二幸裏にある指定の喫茶店に急いだ。大体の見当をつけて探していると、灯明りの人通りの端に土田智子の影がぼんやりと映った。

「あら、恵子さん」

土田智子が、不遠慮な声で呼んだ。

「こちらは、もうそろそろあなたがくるころだと思って、ここで待っていたの。分らないといけないと思って」

「どうも」

土田智子にそんな親切があったかと思ったが、あるいは、例の女性からいいつかったのかもしれない。

「お待たせした？」

「ううん、そうでもないわ。わたしたちも十分前についたばかりなの」

土田智子は恵子をドアの中に早く吸い入れるように、せかせかと肥《ふと》った身体を先に走らせた。

恵子は彼女のあとから入って、思わず店内を見回した。

土田智子が連れて行った席は、その喫茶店の奥まった片隅で、三十二、三くらいの痩《や》せぎすの女が恵子のほうを向いて椅子から起《た》つのを見た。

顎《あご》が尖《とが》って首が長い。着ているツーピースも地味だった。

「こちらが井沢恵子さんです」

肥えた土田智子が痩せた女に紹介した。

「西村たか子さんです……ね、お話した方よ」

土田智子は小さく笑った。

西村たか子は、ちょっと鼻筋を笑わせただけですぐに椅子に着いた。恵子はもっと活動的な女性を想像していたのに意外な気がした。

対手《あいて》はあまり口も利かない。痩せた上体をテーブルの向うに真直ぐに立てているだけで、はっきりした表情も見せなかった。よくいえば﨟《ろう》たけたという感じだが、実際はぼんやりと曇っているというに近い。

表情もぼんやりしていて一切は土田智子に任せてあるといったような恰好《かっこう》をしていた。

だから、そこでは、土田智子が大奮闘だった。

「西村さんは、わたしたちよりずっと先輩で、いろいろな方面に顔がお広いのよ」

彼女は本人の前で改めて強調した。

次に先方に向って、恵子のことを、

「井沢さんは優秀なライターです。取材のほうもとてもセンスがあって、それに女の人とは思えないくらいの頑張り屋ですわ」

と言ったが、もう何度も同じことを言っていたに違いない。

「そう」

西村たか子は、やはり、ちょいとうなずいただけだった。

だが、そのうなずき方も十分に意味が分ってうなずいているのか、いい加減なのか区別がつかなかった。恵子が見てそれほど相手は頼りなさそうだった。

こんな人といっしょになって取材活動や執筆ができるのだろうか。

土田智子から聞いたところによると、旧《ふる》い婦人雑誌の婦人編集者だったというから、先輩ぶってわざととり澄まして見せているのかもしれない。

コーヒーが運ばれた。三人は茶碗《ちゃわん》を手に取ったが、ここでも土田智子がひとりでしゃべった。

「やっぱり、井沢さんに来てもらってよかったわ。あなたが参加してくれるのと、参加してくれないのとでは、出発から違ってくるわ」

今度は西村たか子に、

「早速、これからの方針や、利益分配なども相談しなくてはいけないわね。この際、はっきりとそれを決めないと、あとで、いざこざが起っても詰まりませんし、せっかくの友情にヒビが入ることになりますわ」

「そうね」

西村たか子は、手のコーヒー茶碗を煙草に代えた。それだけは、いかにも馴《な》れた手つきだった。

「仕事を始めるのに、大体のプランはできているのですか?」

恵子は西村たか子に頼りなさを感じてい、そうきいた。

「ついています」

西村たか子は長い首をうなずかせたが、あとの説明はなかった。

「井沢さん、それはちゃんとできているのよ」

土田智子がまた勢いよく横から口を出した。

「それがなくちゃこんなこと企画できないわ。目当なしにぼんやり始めたって、注文があるかどうか分らないしね」

では、それはどこの雑誌社が主体になっているのか。恵子がききたいのはそれだった。

「一流出版社よ」

　土田智子は答えた。

「ただね、向うではなるべく、この話がまとまるまでは内証にしてくれといっているの。ね、そうでしたね？」

　土田智子が確かめるように西村たか子に顔をむけた。

「そう」

　西村たか子は平然として唇に煙草をくわえている。

「先方では、わたしたちの企画が珍しいから第一番に買うというの。だから、あんまり外に洩《も》れては困るといっているのよ」

　これも土田智子の説明だった。

「だから、そっちのほうがしばらくは主な仕事先になるわね。そのうち、わたしたちの実力が認められて、仕事がふえてくるようになれば、それからは自由にしていいというの。こっちも一つ社ばかりの専属のかたちでは商売になんないから、あとはうんと手を拡げるようにしたいわね。でも、最初はやっぱり不安だから、そことタイアップして信用をとっておくのよ」

「その出版社というのはどこだかまだ話せないの？」

　恵子は少し話がおかしいと思った。なぜなら、ここにいるのは内輪の者だけだ。それをまだうち明けられないというのは、秘密すぎる。

「ちょっと」

さすがに土田智子も恵子の質問を抑えきれなくなったらしく、

「じゃァ、ここだけのことにして話しましょうか？」

と西村たか子にきいている。

「そうね」

はじめて西村が積極的に口を開いた。

「そいじゃ、もう二十分ばかりしたら、そのほうの交渉をしている人がここにくるようになってるから、それからにしたらどう？」

「そうですわね」

土田智子がその意を受けて恵子に説明した。

「実は、いま、わたしたちの世話をしてくれてる人が、向うの出版社の責任者と仕事の取決めにいって下さっているの。その報告がもうすぐ来ると思うの。そしたら、はっきりと、あなたにも納得していただけるわ」

「その方、どういう人ですか？」

新しい人物がまた増えた。

3

三人は、あとの紅茶をとって三十分ばかりもそのまま坐《すわ》っていた。連絡に行った誰かが来ると言いながら容易に現われなかった。

「どうしたんでしょうね？」

土田智子は腕時計などめくって見ている。

「ちょっと遅いわねえ」

西村たか子だけは、やはり煙草を吹かしながら、

「向うの話が手間取っているんじゃない？」

と落ちついていた。

「でも、もうここに来なければならない時間だわ。わたしたちが待っているのを知っている筈《はず》だから……」

と土田智子。

「都心は車が混んでるからね」

「それもそうだけれど……」

「もう少し待ってみましょう。あの人だってあんまり遅れるようだったらここに電話をかけてくるでしょうから」

「そうね」

土田智子は、恵子のほうを向いて、

「悪いけど、もう少し待ってね。その人、あと二十分くらいのうちにきっと来るわ」

と頼むように言った。

恵子も仕方がなかった。しかし、何となくちぐはぐな感じだ。

それを土田智子は懸命にとりなしている。

西村たか子という女は、見れば見るほどジャーナリストという感じがしなかった。普通の家庭にいる人妻としか思えない。これが土田智子が言うように旧い編集者のタイプなのだろうか。

それとも、現役から遠ざかっているので、そのほうの感覚を失っているのだろうか。三人で取材活動をはじめるということだったが、どうも頼りなさが先に来る。連絡に来るという男の遅れたことも、恵子にその感じをますます持たせた。

恵子は、土田智子から話があったとき、自分の勝手な想像を描いていた。しかし、早くもその幻想が崩れるのを知った。そのことは小説界社の新しい週刊誌に移ったときと全く同じである。内情に入ってみると、次から次に期待が崩されてゆく。

ボーイが歩いて来て、

「土田さんとおっしゃる方はいらっしゃいますか」

ときいた。

「わたしだけど」

土田智子は椅子を引いた。

「お電話でございます」

「そう」

土田智子は西村たか子と顔を見合せ、勢いよく起《た》って電話の載っているカウンターのほうへ歩いて行った。どうやら、待っていた男から連絡が来たらしい。

西村たか子は大体が無口なのか、恵子と二人で残っても自分から話しかけるということはなかった。

相変らず、煙草や茶を喫《の》んでいる。

恵子はその間に別なことを考える。梶村久子の急死だ。あれから前川一徳はどのような行動をとったのだろうか。前川だけでなく、竹倉も前川といっしょに熱海に行ったのだから、あの二人で怪しげなことをしているような気がする。

土田智子が電話から戻ってきた。

「どうだった？」

西村たか子は彼女に顔を上げた。

「先方との話が少し長引くから、こちらに来るのがかなり遅くなるんですって」

と報告した。

「困ったわね」

西村たか子は長い顔を軽くしかめた。

「何をしているのかしら？」

「やっぱり、そう簡単に決らないらしいんです」

「向うの方が言うには、いっそのこと、みなさんにこちらへ来ていただいては、というんですけれど」

土田智子は電話の通りを取次いだ。

「遠いの？」

「いいえ、それほどでもないらしいわ。渋谷《しぶや》のほうですって」

「そんなら近いわね。場所も聞いてンの？」

「ええ」

二人は期せずして恵子のほうを向いた。

「井沢さん、いま聞いた通りだわ。ここで待つよりも、いっそのこと、これからそっちのほうに回ってみない？」

「そうねえ」

恵子はだんだん気乗りがしなくなってきた。もう、この辺で脱《ぬ》けたい。

「せっかく、あなたに来ていただいて申訳ないけれど、もう少しわたしの顔を立ててくれない？」

恵子のはずまない顔色を見て土田智子が機嫌を取るように言った。

恵子も考えた。具体的には何も聞かされていないが、自分もここまで来たついでだし、この人たちと三人なら行ってみてもいいようにも思う。その考えになるのも、この仕事を断ったあと、差当り金の入るアテがないからだった。

かなり頼りない状態だが、もう少し話を聞いてみないと分らないという気にもなった。

「すぐ済むんでしょうね？」

「多分、大体の話はついてるから、そう隙《ひま》取らないと思うわ。ねえ、お願いだからいっしょに行ってよ」

「じゃ、そうするわ」

「ありがとう」

土田智子はうれしそうに言う。西村たか子も初めて、すみません、と頭を下げた。

三人は表へ出て、流しのタクシーを停めた。

「わたしが道順を教えるわ」

一ばんあとから乗込んだ土田智子が運転手のうしろに伸び上がって、その耳もとに小さな声でささやく。恵子の耳にはその内容が届かなかった。

しかし、車は正確に渋谷の方角へ向っていた。

時計を見ると、もう八時近くなっている。

車の中では三人とも何となくおし黙っていた。喫茶店でさんざん待っている間に話題がなくなってしまっている。それに、これから行く先のことが気にかかるらしい。

西村たか子が煙草を取出した。

「どう？」

彼女は恵子に一本すすめる。

「不調法なんです」

「そう」

たか子の通った鼻筋から蒼《あお》い煙がすっと出た。

車が着いたのは粋《いき》な感じの旅館の前だった。渋谷から原宿《はらじゅく》、代々木《よよぎ》にかけてはこういう旅館が多い。

ほの暗い電灯がしゃれた門の前にひっそりとついている。

「ここなの？」

西村たか子が車の中から透かして見る。

「ここだと言ったんです。間違いありませんわ」

土田智子はもうドアを内側から開けた。

恵子は看板を見た。「お食事」としてある。

「土田さん、こんなところでお話するの？」

恵子はためらった。同じ話し合うにしても、もっと場所があるはずだと思う。

「きっと、ほかにいいところがなかったんだわ」

土田智子は言った。

「それに、そう変な家でもなさそうよ」

実際、その家はほかの旅館に較べると一段と大きく、表の構えは近代的な様式にさえなっている。

「入ってみましょう」

「いらっしゃいまし」

ベルを鳴らすと、玄関に女中が迎えた。玄関もすぐに建物が見えるのでなく、植込みの樹で塞《ふさ》がれていた。

土田智子がその女中の耳に何か囁《ささや》いた。女中はうなずいた。

三人は中庭に進んだ。この庭もなかなか凝っていて、歩いている通路のわきが石で囲まれている。横に水が流れ、植込みの葉が石灯籠《どうろう》の明りに浮いていた。

通路はいくつも屈折しているが絶えず建物の横に沿っている。奥は意外に深かった。

灯が方々からこぼれていた。

「ちょっと待って」

土田智子は恵子をとめた。

「向うの都合を訊《き》いてみるわ。恵子さん、悪いけれど、ちょっとここで待っててくれない？」

恵子は、会う相手の都合もあると思って、智子の言う通りになった。

すると、西村たか子も土田智子といっしょに奥へ消えた。

恵子は一人になった。通路の脇にぼんやりと佇《たたず》んだ。

庭園式の通路は、佇んで眺める分にはきれいだった。しかし、彼女の横を急ぎ足に通って行く客のほとんどがアベックだった。

茶を運んでいる女中がひとりで佇んでいる恵子のほうをじろじろ見ながら通る。

二人は容易に戻ってこない。恵子はじりじりしてきた。

恵子は通りがかりの女中を止めた。

「いま、女の人が二人どなたかに会いに行ってるんですけれど、まだ時間がかかるでしょうか？」

「お部屋はどこでしょうか？」

女中は態度は丁寧だったが、恵子の顔を露骨にのぞいていた。

「さあ、それがよく分らないんですけれど」

「お名前も分りませんか？」

それも分らないと言うと、もう少しお待ちになればお戻りになるでしょう、と言い残してさっさと離れた。

恵子は、そこに立ちつづけていた。もう、十分以上は完全に経っている。が、普通の場所と違って、こういうところの十分は二倍にも三倍にも長く思われた。

恵子は、よほど黙って引返そうかと思った。だが、土田智子に約束したてまえ、黙って帰るのも悪いように思われる。あと五分経っても姿が見えなかったら、帰る覚悟でいた。

その通路は相変らずアベック客が通っている。男はほとんどが年配だった。これは、この旅館がわりと高級なせいであろう。女は言い合わせたように若い人ばかりだ。

恵子は、ふと、こういう生態も一つの材料になると思いついた。ここではほとんどの客が秘密めいたポーズで歩いているように思われる。しかし、男のうしろから歩く女の半分以上が顔を真直ぐに上げて大胆な歩き方をしていた。

そういう女は素人ではなさそうだった。殊に和服の女は、いかにもバーかキャバレーで働いている感じがむき出しだった。

さっきの女中が通りかかった。

「おや、まだお待ちでございますか？」

恵子はそれを機会に、

「まだ伴《つ》れが戻ってこないのですが」

と言った。

「どうなさったんでしょうねえ、お部屋もお名前も分らないでは、ちょっと困りますけれど」

「こちらは女二人なんです。ご先方はどなたかはっきり分りませんが、多分、男の方だと思います」

「そうすると、水仙の間の人かしら？」

女中はつぶやいた。

「その部屋には女の人が二人いるんですか？」

「ええ」

女中はあいまいに答えた。

「男の方は何人いるんですか?」

「どうも、お一人のようでしたけれど」

「一人?」

想像と違っていた。電話ではここで話をしているから直接に来てくれということで、それは土田智子が聞いて恵子にも伝えている。

してみると、相手は二人以上でなければならない。それが男一人というのはどういう意味だろうか。相談が済んで相手のほうが帰り、連絡の男だけが残ったというのだろうか。恵子は思い切って水仙の間にきいてもらうことにした。

「よろしゅうございます。そちらかどうか分りませんが、伺ってみましょう」

女中も気の毒に思ったか、すぐに引返して行った。

恵子はまたしばらく待たされた。

すると、うしろから男の靴音が聞えた。また客でも通るのかと思っていると、恵子のそばまで来て立停り、彼女の顔をのぞきこむようにした。四十七、八くらいの、細い身体で、眼鏡を掛けている。むろん、恵子の知らない顔だ。

「違ったな」

先方でもそうつぶやいた。

それから、失礼、と言って大股《おおまた》に歩いて遠ざかったが、恵子はいやな気持に襲われた。

ほどなく女中が戻ってきた。

「どうもお待たせいたしました」

と頭を下げた。

「どうぞ」

「あの分ったのでしょうか？」

恵子は念を押した。

「ええ、先方さまも大へんお待たせして申訳ないとおっしゃってました。すぐにこちらへお通しするようにとのことでした」

「そう」

恵子は女中のうしろに従った。この通路は角からまた曲っている。

ここでこの旅館の仕組みが分ったのだが、両方に独立した体裁の家屋がならんでいる。だが、通路から直接にはどの入口も見えない仕掛けになっていた。そこは立木があったり、目隠しの塀で遮られたりしていた。そのどれもが丹念な設計で美しく仕上げられている。

女中はそういう通路を通って、とある軒の下に立った。

家は三軒つづきになっているが、その一ばんはしだった。入口は格子戸になっている。曇りガラスに内側から灯が映っていた。

女中は静かに戸を開け、恵子を通すために身をすさらせた。

「どうぞ、ごゆっくり」

恵子は玄関に入った。

しかし、そこには一足の靴もなかった。

けげんな顔をして振向くと、

「あの、おはきものはこちらでお預りしております」

と、その疑問を解くようにいい、恵子自身が脱ぐのを待っているのだ。

「あの、すぐ帰りますから」

と言っても、

「でも、一応はお預りすることになっています」

と女中は頑固だった。恵子は仕方なしに上がった。女中がはきものを持って戸を閉めた。

「どうぞ、内側から錠を差して下さい」

と注意する。

どこに土田智子と例の女史とがいるのか分らなかった。だが、見たところ部屋は二間ぐらいで、廊下の反対側に浴室と手洗所があるらしい。

同じ狭い所でも、普通のアパートとは段違いに立派だった。造り全体がしゃれて、廊下の天井も一方に傾斜した数寄屋《すきや》風だった。廊下も柱がそのまま逆うつしになるように磨きがかかっている。

　恵子はためらったが、眼のすぐ前にある襖《ふすま》越しに声をかけた。

「ごめん下さい」

　すぐには返事がない。

「ごめん下さい」

　恵子がここに来たことは、さっき格子戸が開いた音でも分るはずだった。だから、土田智子が真先に内から飛んで迎えにこなければならないのだ。が、彼女の姿は一向に現われない。

　恵子は、ふと、不安に襲われた。

　まるで誰も居ない家の中のようだった。先方の応答がないから襖を開けるわけにもいかない。

　恵子は気がついて玄関に降りたが、むろん、靴は取去られている。念のために格子戸に手をかけたが、外からがっちりと錠がかかっていた。

4

　女中が表側の錠を差したのは、まさかここに閉じこめるためではあるまい。内側から錠をかけてくれと注意していたが、恵子がそれをしなかったので、気を利かせて外からそれをしたのかもしれない。そういう仕組みにこういう部屋はなっているようだった。

恵子は座敷に戻った。

そのとき、はっとなった。

先ほどまでテレビがついていなかったのである。それが今はちゃんと画面に光がついて動いている。もっとも、声はほとんど聞えないくらいに殺してあるが、立派に外国映画か何かが映っている。

部屋の内に人がいたのだ——。

恵子が玄関に行っている間、誰かがテレビをつけたのだ。

この独立した狭い家は、むろん、裏口もあろう。だが、そこから女中が入ってきてテレビをつけたとは考えられない。

恵子は、呆然《ぼうぜん》とテレビの画面を見ていた。

土田智子も、西村たか子も、も早アテにならなかった。分っていることは、自分が完全にあの二人にここへおびき出されたことだった。

だが、そう考えたものの、まだ一縷《いちる》の希望は棄てられなかった。

思い過しということもある。まさか土田智子がそれほど悪質なことをしようとは思われない。

もっとも、考えてみれば、あの女が掌《てのひら》を返したように親切を見せたということ自体が合点がいかない。それは絶えず考えていた疑問だが、それにしてもまだ彼女への善意は信じたかった。

今に土田智子か西村たか子かが笑いながらここに入ってくるような気が起きた。

五分経った。

誰もこない。テレビの画面はいつの間にかコマーシャルに変っている。

恵子の眼は、この部屋を仕切っている襖に釘《くぎ》づけになった。しゃれた襖紙の模様だ。その襖の奥に誰かが潜んでいるような気がする。

恵子は息が詰りそうだった。もう、そこにじっとしていることができず、思い切りその襖を開ける衝動に駆られた。

床の間には室内電話が置かれてある。いざというときは、そこから女中を呼ぶ手段もあった。これが唯一の逃げ道であり、彼女の余裕であった。

恵子は襖に手をかけて開いた。

思わずその襖を元通りに閉めたのは、暗い部屋の中のうす明るいスタンドの灯がなまめかしい夜具を映していたことだった。一瞬に捉《とら》えた視覚に夜具の色が炎のように残った。

胸が高鳴った。

恵子はその夜具の中に人こそ見なかったが、もう気持の余裕はなかった。

早くここから出なければならない。表の錠を女中に外させねばならない。靴を持ってこさせなければならない。——

脱出の順序はめまぐるしく頭を駆けめぐった。正体の分らなさが不安をつのらせた。

恵子は受話器を手に持った。耳に当てると、ツーツーと音がしている。なかなか声が通じなかった。

「もしもし」

と、やっと女中らしい声が出てきた。

「何か御用でございましょうか？」

恵子は、受話器を握ったままはっと聞耳を立てた。

廊下にスリッパの音が聞えた。浴室や手洗所のあるほうからだった。襖が閉っているので向うの正体は見えない。

だが、直感で男だと分った。スリッパの鳴らし方が荒いのだ。

恵子は受話器を思わず置いた。そのまま身を縮めて音のするほうを凝視した。

スリッパの音は襖の前で停った。息が詰りそうだった。

襖が開いた。

大きな男がぬっと入ってきた。実際、恵子の眼にはぬっと入ってきたという感じだった。大村隆三だった。

「やあ」

大村は恵子のほうに向いて白い歯を出して笑った。

「いらっしゃい」

彼の挨拶《あいさつ》だった。

「ちょっとそこに行ってたものだから」

恵子は顔色を変えて起《た》ち上がった。

「失礼します」

「どこに行く？」

大村は卓の前に立ったままきいた。

「わたしはあなたにお会いするために来たんじゃありません」

「じゃ、何のために来たんだい？」

「言う必要はありませんわ」

「そうか。……じゃ、こちらから言おう。土田智子と、もう一人の女が、君をここに案内してきたんだろう？」

「………」

「その相手はぼくだ」

「そんなことは聞いていません。ある人に会うということで土田さんに引っぱってこられたんです」

「それがぼくだよ」

大村はニヤッと笑った。

「まあ、落着きなさい。いきなりぼくの顔を見て帰るということもないだろう。実際に君を呼んで話したいことがあったのだ」

「あなたは土田さんを使ってわたしを騙《だま》してつれてきたんですか?」

「土田がどう言ったか知らないが、とにかく、ある企画のことで君を呼んでくれとは言った」

「そんな見え透いた嘘をついても分ります。とにかく、わたしはこういう場所であなたにお会いできませんから」

「まあ、そう急ぎなさんな。……どうもしやしない。話だけで済ませる。しかも大事な話なんだ」

「では、ここでなく外に行って伺いますわ」

「外?」

大村は笑った。

「冗談じゃない。折角、こういう落着いた場所をとっているんだ。ここが一ばん話しいい」

「わたしが困るんです。ここではお話が聞けませんわ」

「こんなつまらない問答をしている間に用事は片付く。ほんの二、三十分だ。ねえ、君、二、三十分だけここにいてくれ」

「土田さんは?」

「帰った」

恵子は怒りがこみ上げてきた。

「卑怯《ひきょう》です」

恵子は大村を睨《にら》んだ。

大村は上衣をゆっくりと脱いだ。大きな男だし、ワイシャツだけになった姿が恵子を怯《おび》えさせる。しかし、弱みを見せてはならなかった。

その大村は相変らずうすい微笑を泛《うか》べて、恵子の様子など歯牙《しが》にもかけない顔つきだった。

「まあ、そう言いなさんな」

大村は眼鏡を外し、ハンカチで拭《ふ》きながら言った。

「君のような女は、こういうふうにでもしなければ会えないからね」

「それなら尚《なお》さら口を利きたくないわ」

「とにかく、お互い立ったままでは話にならない。実際、真面目な相談があるんだ。まあ、坐《すわ》ろう」

大村はひとりで朱卓の前に尻《しり》を落した。そこに物々しい厚い座布団と脇息《きょうそく》とがあった。

「坐らないのか？」

大村は立っている恵子に眼を上げた。

「帰ります」

「分らない人だな」

大村は尻のポケットからシガレットケースを出した。ぱちんと蓋《ふた》を開けて一本を口にくわえ、前のマッチを擦った。

恵子は外に出ることだけを考えていた。が、表は女中が錠を差している。それを開けさせるには、大きな声で呼ぶか、卓上電話器で帳場に伝えるしかなかった。

だが、そのような動きが大村の行動をどう誘発するか分りきっていた。前の経験がそれだったのだ。恵子は、大村の態度を見定めたうえ脱出の隙を作ろうとした。

「まあ、坐りなさい。……話というのはほかでもない。昨夜、小説界社で前川一徳の奴をとっちめたことだが、君にききたいのは梶村久子のことだ」

梶村久子。――

恵子は、その梶村久子が死んだことを今日前川一徳の電話で知らされている。湯河原で急死したというのだ。

大村はそれを知っているのだろうか。

それともあれは前川一徳の嘘だったのだろうか。

こうなると、大村も、前川も、何を言っているのかさっぱり信じられなくなった。

「君は梶村久子を熱海で見ているだろう?」

「いいえ、見てないわ」

伊豆山の宿の庭を歩いている梶村久子のうしろ姿が泛ぶ。

「嘘だ」

大村は言った。

「君は必ず見ているはずだ。……梶村は前川に熱海に伴《つ》れ出されている。君は竹倉にも前川にも熱海で会ったと言ってたな？」

「………」

「筋書ははっきりとしている。竹倉は君を狙い、前川は梶村と初めから落合うつもりだったのだ。ところがだ、君が途中で遁《に》げたものだから混線が起ったのだ。……ききたいのはこれから先だが、まあ、そこに坐んなさい。大事な話だ……」

恵子は、大村の様子が案外落着いているので、ようやくテーブルの前に着いた。今の大村は梶村久子のことに懸命になっているようにみえる。

「やっと坐ってくれたね」

大村は言った。

「なに、ぼくだって一応の紳士だからね。そうムチャなことはしないから安心しなさい」

こんなところに誘っておいて紳士もないものだが、大村がそう自負していれば、まず安心だった。

「君にきくけれど、ほんとうに君は熱海で梶村久子を見なかったかい？」

恵子は迷った。

梶村久子が急死したという前川の電話は、真偽の判断がつかないだけに落着かなかった。しかし、大村はどうやらそんなことは知らないらしい。

恵子は彼に思い切って打ち明けてみることにした。べつに前川から口止めされたことではないし、そう義理を立てることもない。

また梶村久子と大村とが特別な間柄なら、尚さらかくすことはないのだ。

「大村さん、梶村先生が亡くなったという話をご存じですか？」

「何っ？」

果して大村は眼をむいた。

「だ、だれがそんなことを言った？」

「前川さんです」

「前川が？」

「夕方、小説界社に電話してみたんです。すると、前川さんが電話に出て、梶村先生が急死したから、至急にこっちに来てくれということでした。わたしは土田さんとの約束があるので、そっちのほうはすっぽかしたんですけれど……」

「君、そりゃ本当か？」

大村は本当に顔色を変えた。

「前川さんがそう言ったわ」

「どこで死んだと言った？」

「湯河原ということでしたわ」

「湯河原？」

大村はううんと唸《うな》った。

「湯河原のどこの旅館だ？」

「知りません。電話ではただそれだけでした」

「待てよ」

大村は忙しく思案をまとめている。

「湯河原には竹倉が行っていた。すると、まさか竹倉が……」

とつぶやいている。

「えっ」

今度は恵子がおどろいた。

「竹倉社長は熱海に泊ったんじゃないんですか？」

「熱海から湯河原に移ったんだ。そこまではぼくが探って知っている。つまり、君に遁げられたものだから、早々にあの宿を払って湯河原へ向ったんだ」

「どうして分りますか？」

「熱海の旅館を苦心して突き止めたんだ。つまり、君が入っていた旅館へ電話をかけたところ、宿では竹倉が湯河原に移るといって出たと言ったのだ。湯河原の旅館は分らないが……」

大村はしきりと腕組みをして考えている。梶村久子が死んだということが、この男にしてもショックなのだ。

「本当に前川がそう言ったのか？」

と何度も念を押す。

梶村久子のヒモ的な存在でありながら、女に背かれたとなると哀れなものだった。死んだか、生きたか、それすら分っていない。

「大村さんのところには連絡がないんですか？」

かえって恵子がきいた。

「何もない。尤《もっと》も、ずっと留守をしているから、その間に電報が来れば別だがね」

その電報もあまり期待はしていないようだった。

「しかし、ひどい女だ」

と今更のように腹を立てている。

「あの女は、もともと、そういう奴だ。おれが前川のところを紹介したのは、最近ぱっとしないから、何とかまた芽の出るようにしてやりたいと思ったからだが、あの女はそれだけでは不安で、とうとう、前川に身体をやってしまったのだ。そういう関係を結ばないと、心配なんだな」

恵子はいやな話をすると思ったが、梶村久子ならそんなこともあり得ないではなかった。女流作家としては、すでに彼女は過去のものになっている。その焦りと不安とがよく分る。

「前川は梶村が湯河原で死んだと言ったんだな？」

大村はしきりと考えていたが、顔を上げて言った。

「そうです」

「そうすると、あいつは熱海から前川といっしょに湯河原に移ったのかな？」

事実はそうではない。伊豆山だったのだ。しかし、さすがにそれは大村には打ち明けられなかった。

恵子も梶村が湯河原で死んだということには疑問を持っている。もしかすると、前川の話も事実を匿《かく》してわざと湯河原と言っているのかも分らないのだ。

「どうもおかしいな。さっきも言ったように、湯河原には竹倉が行っている。これは妙なところで混線したぞ」

「…………」

「おれは今の今まで梶村の相手が前川だと思っていたが、ひょいとすると、竹倉が本当の相手かもしれない」

そんなことがあるだろうか。恵子ははっきり前川と歩いている梶村を伊豆山で見たのだ。決して竹倉ではなかった。

だが。……

そうだ。あれは朝だった。梶村が前川とそこで別れて湯河原に行ったとしたらどうだろうか。つまり、梶村はその前の晩は前川の相手をし、翌《あく》る朝は湯河原に行って竹倉の相手をした。……このとき事故が起こった。

こう考えたらどうだろうか。

「梶村は、大体、心臓が悪かったんだ」

と大村は彼女のことなら何でもよく知っている口ぶりで言った。

「もし、あいつが死んだとなれば、こりゃ面白いことになった。もしかすると、あの女は裸で竹倉のそばで死んだのかもしれないぞ。そこで竹倉の奴が泡を喰《く》ったのかもしれぬ」

5

大村は見ているうちに顔色が興奮してきた。やっぱり梶村久子が急死したということがショックだったのだ。

「道理で前川を問詰めたとき、あいつの言い方が曖昧《あいまい》だと思った」

と彼は小説界社で争ったことを思い出している。

「隣の社長室に竹倉の奴がいたが、いつものあいつだったら、すぐに出てくるはずだ。それが、ぼくの大声を聞いても、まるでそこには居ないかのように、うんともすんとも声を出さなかった。……いよいよ、これはぼくの思った通りだ。梶村の死んだのは、竹倉のそばだったのだ。これから湯河原の宿を一軒一軒当ってみれば、すぐに分る」

大村はそんなことを言ったが、気づいたように、

「もう少し早くその話が分れば、すぐ手を打つところだったのにな」

と残念がっていた。

恵子は、大村の話の中心が梶村久子に移ったのでほっとした。

彼の興味がそっちにそれたのは何よりだった。

「大村さん」

恵子は言った。

「そいじゃ、その調査にお手伝いするわ。わたしでよかったら、電話をかけるぐらいはできそうだわ。梶村先生には御縁があったのだし、他人事ではないわ」

これは恵子のいま思いついた作戦だった。何とかここをおとなしく出さなければならない。

「そうか。ひとつ、竹倉と前川にひと泡吹かしてやるか。あんまり妙なことをやってると、刑事事件にもなるからな」

大村は腕組みして考えている。

そこには梶村久子の死を悲しむ色は少しもなかった。おそらく、彼の頭にはこの真相を突止めてそれを利用することだけしかないのであろう。

「大村さん」

恵子はそこを起《た》ちかけた。

「調査なら早いほうがいいわ。今から外に出ましょう」

「待て待て」

大村は案外に腰を落着けている。

「湯河原の旅館だと随分あるだろうな。そこに一軒一軒電話するのは大へんだ。そうだ……」

と思いついたように、

「湯河原で変死したとなれば、当然、土地の警察署から検屍《けんし》を受けてるはずだ。医者が間に合わなかったとすれば、警察に連絡するはずだからな。死に方によっては行政解剖の必要がある……そうだ、ここから湯河原の警察に電話してみよう」

大村は大きな身体をのっそりと起ち上がらせた。

恵子はちょっと失望した。ここから電話をかけるとは思わなかったのだ。

大村は受話器を取って、湯河原の電話番号をきき合わせている。その眼は恵子の様子から油断なく放れなかった。

大村は交換台で湯河原警察署の電話番号を教えてもらい、すぐにダイヤルをまわしている。彼の手から受話器は放れなかった。

恵子はこの間に部屋を脱《ぬ》け出たかったが、電話の内容も気にかかった。梶村久子が本当に死んだかどうか疑問なのだ。

大村はいらいらしていた。

やっと電話が通じたらしい。

「もしもし」

大村は受話器にかがみこんだ。

「そちらは湯河原警察署ですか?」

言葉がていねいになった。

「恐れ入りますが、変死者について伺いたいのですが……はあ、変死者です……いいえ、自殺じゃありません。急に死んだ人間のことでお訊《たず》ねしたいんですが……はあ、恐れ入ります」

先方では係りのほうへつないだらしい。

大村は改めて同じことをきいて、

「今日の午前中のことなんですが……はあ、時間は正確には分りません。とにかく急に死んだので、あるいは、そちらの警察署で検屍をなさってるんじゃないかと思います。名前は梶村久子です」

と質問を続けている。この梶村久子という名前が一度には先方にわからないらしく、何度もくりかえしたあげく、

「職業は作家です。はあ、女流作家です。……いかがでしょうか?　そちらから医者の連絡で検屍に立ち会われたようなことはありませんか?」

先方は、待ってくれ、と言っているらしく、

「はあ、はあ」

と大村はしばらく受話器を握ったままでいた。顔が緊張している。

「はあ、どうも」

先方の返事が出たようだった。

「え……その事実はありませんか？」

大村はちらりと恵子の顔に視線を走らせて、

「おかしいですね。確かに梶村久子が死んだということを聞いたんですが……いえ、病名もなんにも分りません。ただ、急に亡くなったということだけは連絡があったんですが……場所ですか、それも分っていません。どうも詳しいことが分らないで弱っているんですが……そうですか、それでは警察署のほうに何にもそういう情報が入っていないわけですね……ありがとうございました」

と一旦《いったん》電話をきりかけたが、急に気づいたように少しあわてて、

「こういうことはどこにきいたら一ばん早く分るでしょうか……はあ、医者の名前も何にも分っていないのですが……え……医師会の会長さんですか、そちらから、調べていただけるわけですね。ありがとうございます。恐れ入りますが、会長さんのお名前と電話番号を教えて下さい」

先方のいうことを大村は手もとの紙に大急ぎで書き取っていた。

大村の電話はつづく。彼はすぐ次の湯河原医師会長の名前をきき出して電話を入れた。

これはすぐに出た。

「恐縮ですが、ちょっと伺います」

大村は、今日の午前中に湯河原で女の急死はなかったか、ときいている。

「たしか旅館で死んだはずですが、名前は梶村久子というんです……はあ、小説など書いてる女ですが」

梶村久子といってもまだポピュラーな名前ではないので、そう断らなければ先方には分らないのだ。

「えっ、何ですか？……分らない？」

大村はせきこんで、

「困りましたな。たしかにこちらにはそういう情報が入ってるんですが……あなたのほうでは会長さんをやっていらっしゃるなら、会員のお医者さんからそういう報告があるんじゃないですか……ない？……そんなものですかね」

大村は電話口で案外な顔をしていたが、

「それでは恐れ入りますが、いま言ったようなことをきき合わせてくれませんか。あと一時間ぐらいで電話を入れますが……そうですか、大へん厄介なことをお願いして申訳ありません。……ええ、そうです。それは確実な方面から情報があったんです。よろしくお願いします」

大村は受話器を置いて、ふっと太い息を吐いている。

「医師会長は何も知っていないんだ」

そこに坐《すわ》ったまま煙草を吸い、考えこんでいる。

「どうも少し眉唾《まゆつば》ものになってきたな」

彼はつぶやく。

「前川一徳はいい加減なことを言って、君をかついだんじゃないだろうか」

「でも……」

恵子は自信がなくなってきた。

「わたしをかついだにしても、前川さんには何の利益もありませんわ」

「しかし、それで君に湯河原に行ってくれとは言わなかったか？」

「言いました」

「それみろ、そいつだ」

大村は合点したように言った。

「梶村久子が湯河原で死んだなどといい加減なことを言って、君をもう一度湯河原に連れ出そうとしたのだ」

「…………」

「この首謀者は竹倉だ。君に遁《に》げられたものだから、今度は湯河原の旅館にがんじがらめにするつもりだったんだな。前川は社長の意をうけて芝居をしてるだけだ」

「…………」

「ふん、あの殺しても死なないような梶村が死ぬはずはない。君は一ぱい喰《く》わされるところだった」

大村はそう言うと、急に落着いた顔になった。

やはり、梶村久子が無事だったことが安心だったのだろう。

その代り、大村の関心が急に恵子に向ってきた。彼は梶村の懸念が消えたので、今度は何の心配もなく恵子に立向ってくるように思われた。

「どうもおかしい」

大村はなおも考えている。彼は迷っているのだ。

「それにしても、前川が君をおびき出す手段に梶村が死んだというのも、少し妙な話だ。ほかに口実がありそうなものだが……やっぱり、あの女が死んだかもしれないな。ただ、医者には見せないで、こっそり処置をしたのかもしれぬ」

「でも、湯河原の医者全部に当ったわけではないでしょう?」

「それはそうだが……」

大村はまた迷いを取戻したようだ。

「ぼくの感じでは医者は知っていないような気がするな。どうも、梶村は死んでいるようにも思う。実は、ぼくは今日梶村の家に当ってみたんだ。しばらく旅行にゆくと言って一昨日から出ている。留守宅には連絡がない。あの女は取材旅行に行っても、必ず自宅には連絡をしているが、今度ばかりは何の音沙汰《おとさた》もない。そこがおかしいんだ。大体、男性の作家と女流作家とは、その点が違うんだな。女流作家となると家のことが気になるので、連絡は必ずしているようだ」

大村は言外に、梶村が自分に何の連絡方法もつけていないのが不都合だと言いたそうだった。

大村の立場からすれば、尤《もっと》もだ。

「ことによると、竹倉がうっかり梶村を殺して、前川がその隠蔽《いんぺい》に協力してるのかもしれないな」

「え、殺したんですって？」

恵子はびっくりした。

「いや、殺したといっても、刃物を使ったり、毒薬を用いたという意味じゃない。竹倉が情事の最中に梶村久子を急死させたんだ。……もともと、あの女は肥えているので、心臓があまり丈夫なほうではなかった」

梶村久子のことなら何でも知ってる、と大村は言いたげだった。

「奴、あわてて前川を呼びつけ、二人で工作したのかもしれない。そして、君を使っていかにも彼女がどこかでひとりで死んだように偽装させようとしたのだろう」

恵子は、大村のこの推定もあながち間違っているとは思えなかった。

思い当るところがある。例の電話の件や、前川や、林や、村山が、戻ってこなかったことだ。大村は前川一徳だけを考えているが、村山も、林も、その協力の中に入れていないようだ。

しかし、死んだとなれば、一体、どこだろうか。

もし、旅館だったら、死体をそのまま放置するわけにもいかない。どこかに移動させているはずだ。

また、竹倉社長の醜聞を表に出さない工作のためには事情を知った家に持込まねばならぬ。そのとき死体を宿からどのようにして運び出したのか。また遺体を置いている場所はどこなのか。——

恵子がひとりでいろいろ考えているとき、真向いの大村がすっと起《た》ち上がった。

6

恵子は、向い側の大村が急に起ち上がったので、はっとなった。

坐っている位置から遁げる間もなかった。大村は卓を回って恵子の横に来るや否や、その手を取って固く握り締めた。

「何をなさるんです？」

この部屋に入れられたときから予想された事態が現実になった。それまで何とか時間をずらせてきたが、結局、最後の土壇場になった。

だが、ここで慌ててはならなかった。大村がこのような態度に出るのは、これで二度目だ。それだけ恵子の気持には余裕が残っていた。

「君」

大村は意外にも別なことを言った。

「ぼくに協力してくれないか」

「協力？」

「竹倉をやっつけるんだ」

「…………」

「べつに梶村久子のことであの男に遺恨があるわけではない。ぼくは梶村などにはとうに興味を失っているからね。もともと、あの女から持ちかけられて、おれはしょうことなしにつき合ったまでだ。愛情も何もありゃしない。かえっておれのほうが利用されていたんだ……」

「…………」

「君には分るまいが、梶村久子なんていうのは文学的な才能も何もない。あいつの書いてるものは、みんなおれがアイデアを出していたんだ。それでやっとどうにか作家的な余命を保っていたんだ。あいつとしてはおれを放せなかったんだよ。……今度の小説界社の週刊誌の連載も、おれが前川を知っているから売込んでやったようなものさ」

「…………」

それは恵子も察していることだった。

「だが、あの竹倉という奴は根っからの出版屋じゃない。何か企《たくら》んでいる。これには前川一徳が協力者として一枚嚙《か》んでいるんだ。……君は、あの小説界社に移った週刊誌がなかなか出ない理由を知ってるか？」

恵子は、それもかねて疑問に思っていたところだった。今までは新しい週刊誌として慎重に企画を練っているものと考えたこともあったが、その企画そのものが一向に練られている形跡もない。編集部員は遊んでいる。

そのことも疑問だった。

「分るまい。おれはそれを探ったんだ」

と大村は言った。

「おれの探ったところでは、竹倉は新しい週刊誌を或《あ》る武器に使おうとしてるんだ」

「武器？」

「つまり、金儲《かねもう》けの武器さ。君などにはただ不思議なだけだろうが、おれには分っている……」

大村は握った恵子の手に力を入れた。

「君、ぼくが君をここに呼んだのは、あいつらをやっつけたいのだ。君だって竹倉には恨みがあるだろう？」

大村は竹倉一味をやっつけると言って躍起になっている。

では、それは具体的にはどういうことなのか。恵子はうっかり大村の言葉も信じられない。

大村は恵子のその気持を察してか、握った手を一たんは放した。しかし、相変らず彼女のそば近くから離れなかった。

「君は、竹倉が週刊誌を引受けておきながら、なぜ、発刊に手間取っているか、不思議に思ったことはないか？」

「ええ、ちょっと変だとは思ったけれど……」

「変どころじゃないよ。大いに不思議だ」

それは恵子も同感だった。

週刊誌を出すと言いながら、何一つプランを持つでもない。部員は遊んでいる。編集会議も一度も開かれていない。山根は名前だけの編集長で棚上げにされている。

唯一のプランといえば、この前の熱海の一件だが、あれも底を割ってしまえば、週刊誌とは関係のない策略だった。

新しい週刊誌を出すには相当な気構えがなければならない。たとえ竹倉と前川の線で主要なことが決められるにしても、その気配が社内に脈々と伝わらなければならないのだ。そのことは一向になく、編集部員は遊んでいる。

商魂に徹した竹倉が週刊誌をいつまでも発刊しないままにしておくのは、かねてからの疑問だった。大村はその真相を知っているというのである。

「一体、どういうことなんですか？」

「ぼくの探ったところでは、竹倉はあの週刊誌を金儲けの道具にしようとしている」

「金儲けの?」

「大へんな企みだ。これ以上君にはちょっと言えないがね。要するに、彼はまともな週刊誌なんか考えていないのだ。だから、その目鼻がつくまで、あのこすっ辛い男が部員を遊ばせているわけだ」

「…………」

「部員といえば、山根君以下全部の総入替えも考えていると思う。竹倉のことだから、週刊誌の計画は一応中止になったと称してクビにし、あとで安く人を入れるかもしれない。……いま、遊んでいる編集者で行きどころのない奴が一ぱいいるからね」

「…………」

「ところが、梶村久子は連載小説の仕事を貰《もら》って有頂天になったんだ。それを紹介したのはむろんぼくだが、それまでは竹倉の魂胆に気がつかなかった。梶村の奴、おれだけでは心もとないと思って、前川に媚《こび》を売ったのだ。それから竹倉の女好きに目をつけて、あとで熱海に来ている竹倉にも身体を提供したのだ」

　恵子は返事ができなかった。

「もともと、梶村という奴はそういう女だ。自分の利益のためには、貞操なんか考える女じゃない。その梶村が竹倉と情事の最中に死んだとすると、こいつは竹倉も慌てたに違いない。おれの考えでは、泡を喰《く》った竹倉がその死体の処理に細工をしたと思う。……今まではてっきり前川だと思っていたが、こうなると竹倉が相手だ。梶村の一件がもっけの幸いだ。……君」

大村は恵子の顔をのぞきこんで言った。

「ひとつ協力してくれよ」

「協力ってどうするの？」

恵子はまだ大村の言う意味が分らない。うっかりとその言葉に乗れないのだ。

大村などに協力するつもりはもともとないが、この場合の危機を逃れるためには、一応、その態勢を見せなければならなかった。

「前川は君に湯河原に行けと言ったんだな？」

「そうです。梶村さんが死んだのが湯河原だから、そこに行ってくれと言ったんです」

「では、奴はそこで工作するつもりだったのだ。だから、梶村の死体は湯河原に置いてある」

大村は首をかしげてしきりと考えていたが、

「いま、何時かな」

と腕時計を見た。

九時を過ぎている。

「今からでは竹倉も、前川も社には残っていないだろう。万事は明日のことにするか」

と急に恵子のほうを向いて、

「今夜のうちに、ぼくが大体のところを探ってみよう。芝居はそれからだ」

と言う。

恵子はそちらのほうを諦《あきら》めた、大村のこれからがこわかった。彼の意図が分るのだ。

「さっきわたしをここに連れてきた土田智子さんと、もう一人の女の人は何ですか？」

恵子は迫ってくる危機を一寸延ばしにした。

「うん、あれか」

大村は軽く言い、

「なに、土田智子が女だけのライター・グループをはじめたいと言って、ぼくに相談に来たんだ。それでよかろうと言っておいたんだが、もう一人の女は旧《ふる》い婦人雑誌の編集者でね、気位ばかり高くて役に立たん。そこで、もう一人君を入れたらと言ったんだ」

「あの二人はどこにいらっしゃるの？」

「帰ったよ」

大村はあっさり言った。

「なぜ、帰ったんですか？　ここでその相談があるのと違いますか？」

「相談なんかする必要はない。ぼくが君に一切を説得すると言ったら、二人は安心して引き退《さが》ったよ。……土田智子も君とぼくとの間をうすうす察しているからね、あんまり粘らないで気を利かして退散したんだ」

「あなたとわたくしの間は何もないわ」

恵子は大村のずうずうしい言葉に言い返した。

「ところが、そうではない。土田はぼくが君の愛人だと思い込んでいる」

「そう思わせたのは、あなたが言いふらしたからでしょう?」

「そうでもないさ」

大村は鼻の先で笑った。

「大体の様子を見れば分るよ。連中、察しがいいからね」

「いやだわ。変な噂を立てられると迷惑だわ」

「迷惑?」

大村の眼がきらりと光った。

「君」

大村はまた恵子の手を不意に取った。

「何をするんです?」

「何をするって、君もこういう所にやってきて大体の様子が分ってるはずだ。あんまり野暮なことを言うなよ。君だって生娘じゃあるまいし、結婚の経験がある女だ。……ぼくはどうしても君が諦められないんだ。これから二人で竹倉一派にひと泡吹かせてやろう。……な、いいだろう?」

「協力って、どんなことをすればいいんですの?」

恵子は大村から身を引いてきいた。

「つまりだな」

大村は言う。

「竹倉が君に惚《ほ》れてるのがもっけの幸いだ。君は知らない顔をして、明日でもあの社に現われ、竹倉の言う通りになってみるんだ。それをぼくにいちいち報告してくれ。必ず尻尾《しっぽ》をつかまえる」

「だって、どうせ梶村さんが死んだとすれば葬式は出さねばならないし、その様子で分るんじゃないですか」

「そこまでゆくには誤魔化しがある。おれの考えでは、梶村の葬式は東京で出ると思うな。死んだ場所は、どこかの旅館でカンヅメか何かで原稿を書いていたことにするだろう」

「竹倉さんが彼女の死に何かの工作をしていたと分ったら、あなたは何をするんですか?」

「分っているじゃないか。あいつを威《おど》かすんだ」

「金ですか?」

「ばかな。金で済むことじゃない」

大村は一応言って、

「まあ、その辺のところは、ぼくに深い考えがある」

と要点をはずした。

「とにかく、君はぼくに協力してくれるか、それがききたいのだ」

「そりゃ協力しないとは言いませんが、条件があります」

「何だ？」

「もう、こんなところにわたしを連れこむのは止めて下さい」

「……………」

「いやなんです。もう、あなたからこんな目に遭うのは二度目ですわ」

「君はぼくが嫌いなのか？」

大村は眼をむいた。

「嫌いとか好きとかの問題じゃありません。こんなふうに騙《だま》されるのがいやなんです」

「井沢君」

大村は彼女の手を今度は両手で握り締めた。

「ぼくは君が好きなんだ。ほんとに好きなんだよ」

「……………」

「そりゃ君からはぼくがしようのない男に見えるかもしれない。たとえば、梶村久子などにくっ付いたりして不潔な男と思うかもしれない。だが、そういう経験をしてるからこそ、君のような女に出遇《であ》うと、たまらなく気持が君に向いてしまうんだ」

大村が初めて真剣な顔つきになった。

「頼む。前に君のアパートに行ったときは、実をいうと、まだ遊びがあった。正直言ってそうだったのだ。だが、今は違う。今は本当に君が好きになったんだ」

「でも、あなたはわたしをこんなところに騙して連れこんだわ」

「君を何とか得たかったからだよ。もう、普通のことでは君はぼくのところに来てくれないと思ったからだ」

「つまり、無理やりわたしを得て、思う通りにしようとしたのね？」

「はっきり言うと、掠奪《りゃくだつ》したかったんだ」

「いやだわ。それじゃあなたの言う通りにはできません。わたしの条件は、こんなことではなく協力したいことです。あなたの誠意をそのうちに見たいのです。それが本当の女心ですわ」

「分った」

大村は恵子の言葉にうなずいた。

「だが、ぼくの気持は分ってくれるだろう？」

大村の眼はまだ恵子をみつめて粘っこく光っていた。

「分るけれど、こんなやり方ならいやだわ」

「うむ」

大村はもう一度うなずいたが、やはり未練そうだった。男の気持としては無理もない。ここまで完全に恵子を捉《とら》えておいて手出しができないのは、残念に違いない。

だが、大村の気持は二つに揺れている。ここで恵子を強引に抱き寄せるか、それとも一応彼女の言う通りになって竹倉や前川の虚を衝《つ》いて実利を占めるか、思案の複雑なところだった。

浴室には湯が湛《たた》えられている。襖《ふすま》一重の向うには夜のものが延べられ、淡い光のスタンドが照らされている。

大村は心で唸《うな》った。彼は一挙に恵子を夜具の上に横たえ、思い通りのことをして「自分の女」にする誘惑に駆られている。これも一つの方法ではあった。つまり、女を自分のものにすることによって自由に使うことができるからだ。ほとんどの女は、男に身を許した瞬間に男の言いなりになる。

「井沢君」

大村は唾《つば》がなくなったように乾いた声を出した。

「ぼくはどうしていいかわからなくなった」

彼は握った恵子の手をさらに両手で揉《も》みこんだ。

「頼む。それでは君の唇だけを許してくれ」

「駄目です」

恵子ははっきりと言った。

「それではまるで女が最後のものを許したとおんなじだわ。……大村さんは簡単にそんなことを言うけど、わたし、バーなどの女と違うわ」

「恵子」

大村は堪《たま》りかねたように両肩を手でつかんだ。

大村としては恵子を前に抱き寄せた経験がある。彼の気持は、すでにそれ以上の行為に出ねば承知できないものがあった。

「大村さん」

恵子は肩から手を振りほどいた。

「約束が違うわ」

すでに大村の心が二つに割れているのを見て、恵子も余裕を取返していた。危機は逃れられる。

「協力のほうを先にしましょう。そのあとであなたの誠意を見届けるわ。……女ってそう簡単に考えられたら困るわ」

大村は外された手を自分の両膝《りょうひざ》の上に握っていた。

「さあ、こんなところを早く出ましょう」

彼女はつづけた。

「そして、明日から梶村さんの死因の調査に出かけましょう。それが先の仕事だわ。男ってやっぱり仕事が第一でしょう」

「それはそうだが……」

「ねえ、大村さん、さあ、仕事仕事」

恵子はさっさと先に起《た》つと、卓上の電話を取った。女中を呼ぶためだった。

恵子が受話器を取ると、大村が急にその手を押えた。

「何をなさるの?」

「電話を切ってくれ」

大村の眼鏡の下の眼が燃えている。長い髪が額に垂れかかっていた。彼はまだ未練があるのだ。

完全な条件の中に追い込んでいて、どうにもできない彼の焦りだった。

「井沢君」

大村は今にも恵子の身体を抱きすくめそうだった。

「いけないわ」

恵子は言った。

「ちゃんと約束は守るべきよ。……その代り、調査のほうはどんな協力でもするわ」

「や、約束をするか?」

「ちゃんと、それはします」

恵子はきっぱりと答えた。

「だから、今は何もしないで」

「………」

「絶対にわたしにさわらないで」

大村は口の中で低く唸った。彼も最後まで迷い抜いているのだった。

はずされた受話器から、もしもし、と女中の声が呼んでいる。

「どなたか、こちらに来て下さい」

「お帰りですか？」

「帰ります」

「有難うございました」

電話は切れた。

それは同時に大村の欲望を断ち切った声だった。大村はそこに腰を落してしょんぼりと坐《すわ》っていた。

恵子は、これで危機を逃れたと思った。それはほとんど奇跡に近かった。戸口はこの家の女中が錠を差している。逃れるところはどこにもなかった。大村と二人だけの密室の中なのだ。

彼女は女中が表の戸を開ける音を聞くと、にわかに穴から明るい灯のところへ出たような気がした。

女中が小さな盆に計算書を載せてきた。

大村はそれをのぞいて、乱暴に財布から札を抜き取っていた。

「あの、お車をお呼びしましょうか？」

「頼もうか」

「二台お呼びいたしましょうか？」

こういう家では男と女客とが別々に帰るものとみえた。恵子はその言葉にすぐに飛びついた。

「お願いします」

大村といっしょの車だと、また何をされるか分らなかった。大村の未練は完全に消えたとはいえない。

「井沢君、おれは君の言う通りになった。これで君に貸ができた」

「………」

「明日から、梶村のことは絶対にぼくの言う通りに動いてくれるね？」

「そうします」

「よろしい。君は、まず、社に行って竹倉に会いたまえ。そして、ぼくに連絡するんだ。そうだ、ぼくのアパートの電話番号を書いておく」

大村は忙しそうに手帖《てちょう》を破って、鉛筆で書きつけた。それは見ようによっては敗残者の姿でもあった。


恵子はアパートに戻った。

危ないところをやっと逃れてほっとした。今から考えると、よくも脱出できたと思うくらいだ。

その代り大村との新しい約束が生れた。ああいう男だから、それを守る必要はないと思えばそれまでだが、あの危険を逃れたのもその約束からである。　恵子は、大村よりも、危機を逃してくれた約束そのものに義務を感じた。

　それに、死んだという梶村久子のことはやはり気になる。大村に協力することはともかくとして、この真相は突止めてみたかった。

　部屋に戻りかけると、彼女の姿を見たらしい管理人のおばさんが、

「井沢さん、あなたのお留守にお客さまがお見えになりましたよ」

　と告げた。

「どなたでしょうか？」

　恵子は不安な表情になってきいた。

「男の方お二人ですが」

「二人」

　二人揃って来るというのは誰だろう？　竹倉と前川かと思った。

「いいえ、別々なんです。お一人の方からはお手紙を預っています」

　管理人のおばさんは懐ろから茶色の封筒を出した。裏を見ると、「山根生」とある。

　山根が来たのだ。すると、病妻がよくなったのだろうか。

「もう一人の方は？」

「名前はおっしゃいませんが、大きな身体の方です」

「いくつぐらいの方ですか？」

「そうですね、四十くらいかな。ちょっと、おっかないようでしたわ。井沢さんは留守だと言うと、どこに出かけたんですか、とわたしを睨《にら》むようにして問詰めるんです。だって何もあなたから伺っていないんですから、返事のしようもありませんわ。すると、その方はぷりぷりしながら帰ってゆかれました」

それはやはり前川一徳だと思った。

「それはご迷惑をかけました」

恵子は管理人に謝って、自分の部屋の前に戻った。

錠を開けて中に入ったが、暗い部屋に電灯をつけるまで、誰かがそこに潜んでいるような恐怖を覚えた。大村のことがあったあとだけに気持が動揺している。

電灯をつけて初めて安心した気持になった。彼女はそこに崩れるように坐った。

懐ろに山根の封筒を挿《はさ》みこんだのを思い出して、封を切って中身を出した。

「昨日は失礼しました。わざわざお見舞い下さったのに、かえってご不快をかけてしまって、お詫《わ》びのしようもありません。

ぼくはそのことのお詫びと、あなたにどうしても逢《あ》いたくて、家内の寝ている隙を窺《うかが》ってここに来ましたが、お留守なのでがっかりしました。また近いうちに伺います。

山根生」

恵子は手紙を封筒に戻した。山根の純な気持が、今の場合胸に沁《し》み通りそうだった。山根が病妻の隙を見てここに駆けつけた気持は分る。あの妻では山根も楽ではないと思った。

しかも、山根の出版社での位置は大そう不安定だった。誰よりもそれは山根自身が知っているであろう。勤め先の不安定さと、妻との距離感に山根の孤独がある。それが恵子にいよいよ向ってきたものと思える。

だが、恵子は山根にはやはり愛情が持てなかった。彼の純粋さは、竹倉や、前川一徳、大村隆三などを知ってからますます分ってくる。その比較が彼を純化してゆく。

だが、女から見て純粋性だけでは充足感がなかった。男としての意志、実行力、野心といったものが山根には欠けている。純粋だが、山根は紙のようにうすい男に見えるのだ。

その点は、別れた夫の米村和夫にも同様なことがいえた。この青年は、現在では数少ない母親思いの息子である。母の言うことなら、妻の意志を犠牲にした。いや、彼自身がその犠牲になって平気でいる。

その点、和夫も一種の純粋性を持っているともいえる。

だが、この二人に共通していえることは、男性としてのエネルギーのなさだった。分厚い胸を想像させるような男の活気が女には魅力ではなかろうか。純粋性のあるエネルギーだ。それこそ女の気持を吸い込ませてゆく男の条件だと思う。

竹倉も、前川も、大村も、それぞれ男としての一応の活力はあった。しかし、どれもがみんな汚ならしい欲望に濁っている。恵子の求めるのは、そのようなものではなかった。また彼ら三人とも果してそれがエネルギーと呼べるかどうか分らないのだ。或《ある》いはただのハッタリともいえる。

前川といえば、恵子を電話で呼んでも彼女が社にこなかったので、堪《たま》りかねて呼びに来たのだろう。このアパートに来たのも、もしかすると、山根に使いを出して彼に詳しい地図でも書かせたのかもしれない。

いや、きっとそうだ。

なぜなら、前川から恵子のアパートをきかれて、山根も心配になったのであろう。今までは山根が寂しさのあまり恵子のところに来たと思ったが、それはそれとして間違いないにしても、彼を急いでこさせたのは前川一徳に対する警戒からだと思う。山根は前川が恵子に何をするか分らないと心配してきたのだ。それは、山根の心配というよりも嫉妬《しっと》と呼ぶべきものであった。

恵子はそれを考えるとうんざりしてきた。また前川と山根とが禍《わざわい》をつくりそうだった。だが、今の場合、一応大村の指示通りに動かなければならない。梶村の死の真相を知るまでは、表面的でもそのように行動しなければならなかった。

時計を見ると、もう十二時を過ぎていた。

恵子は疲れた。彼女は床に入って枕もとのスタンドを消したが、黒い闇が俄《にわ》かに彼女を孤独に包んだ。

九章　妙な探求

1

恵子は、朝の食事が済んだあと支度をした。

九時過ぎだった。だが、小説界社にすぐに行くのは何となくおっくうだった。昨日、前川一徳の電話を断っている手前、その前に前川と連絡を取りたかった。だが、彼が出社するのは大てい昼ごろだった。

それまで家に居ようかとも思った。会社に出ているところを、あとから出てくる前川に見られたとき、昨日のことがあるだけに何か言われそうである。また、その後の情勢も分ってない。

できれば、電話ででも話をしたほうが出社するにしても効果的に考えられる。

結局、前川一徳が出てくる時間まで部屋でぐずぐずした。

十一時近くなった。

梶村久子のことがあれば、案外、前川は早く出社するかもしれないと思い、公衆電話に行くつもりで財布を握って起《た》ち上がったとき、階下《した》から管理人のおばさんが上ってきた。

「井沢さん、お客さまですよ」

「え？」

「昨日の方です。ほら、おっかない顔をした、肥《ふと》った人ですよ」

前川一徳だ。昨夜無駄足をふんだので、今朝は会社に出ずに直接ここへ寄ったとみえる。それで前川の焦りと事態の重大さが想像できた。

「上げて下さい」

恵子はおばさんに言った。

恵子は素早くその辺を片づけた。ほどなく廊下に重量のある足音が聞えた。ドアがノックされた。

恵子は、どうぞ、と言った。

扉を開けたのはやはり前川一徳だった。顔は思ったより呑気《のんき》そうだった。

「やあ、お早う」

彼は磊落《らいらく》に入ってきた。

「お早うございます。昨夜はすみませんでした」

恵子は膝《ひざ》をついてお辞儀をした。

「君があのまま出てこないものだから、痺《しび》れを切らしてやってきたんだよ」

前川の声は言葉とは違って、それほど腹を立てている風でもなかった。

「ほんとに申訳ありませんでした」

「あの電話で君が来るものと思って、遅くまで待っていたんだ。ところが、一向に姿を見せない。ぼくは社長からも言われて、到頭《とうとう》、ここまで足を運んできた。……番地だけでは分りにくいと思ってね、山根君に電話をかけて大体の地理を聞いたんだ」

やっぱりそうだったのか。恵子が推測をした通りだった。

「山根さんは病院なんでしょう？」

「おや、君はよく知ってるな？」

前川は恵子の顔をのぞくようにして大きな身体を畳に置いた。

「ええ、山根さんが休んでらっしゃるもんですから、会社の方に聞いたんです」

「そうかね。……山根君も気の毒だね」

が、山根に関する話はそれきりで、彼は早速自分の本題を持ち出した。

「井沢君、電話で言った通りだ。梶村さんが死んだんでね……」

「梶村さんが死んだことは本当ですか？　前川さんから電話で聞いたときはびっくりしましたけれど」

恵子は改めておどろいたようにきいた。

「本当だ」

と前川は大きくうなずく。

「湯河原ということでしたが、亡くなられた旅館はどこですか？」

「それが問題だがね、実はそれがはっきりと分っていない」

「でも、梶村さんが亡くなられたことは、前川さんに誰かが通知したのでしょ？」

　それでなければ分るはずはない。

「聞いたけれどね。それは電話であっただけだ」

「誰からですか？」

「名前を言わないんだ。ただそのことを通知するというだけだった」

「変な話ですわね。なぜ言わないんでしょうか？」

「さあ、そいつがよく分らない。その電話が湯河原からで、梶村さんはこちらの旅館にきて仕事をしてるうちに急死したという知らせだった。おそらく、同じような電話はほかの社にもあったんじゃないかな」

　前川一徳はうそぶいている。そんなはずはない。

　どう考えても話の辻褄《つじつま》が合わない。まるで密告のように、自分の名前を言わずに梶村久子の死亡を知らせるわけがない。

　この曖昧《あいまい》さは、前川が何とかして事実を匿《かく》そうとしている下心からだろう。

「梶村さんはいつ亡くなられたというんですか？」

「昨日の午前中だ。つまり、電話のあった少し前のことだな」

「すると、もう、遺体は梶村さんの家に帰っているんですか？」

「帰っていないようだな。梶村さんの宅に電話をかけたが、家の者は知っていない。尤《もっと》も、あそこはお手伝いだけだがね」

「変な話ですこと」

恵子は言った。

「そいじゃ何が何だか分らなくなります。たとえ梶村先生が湯河原で亡くなられたとしても、遺体は自宅に帰るはずでしょう。宿がどこだか分らなくても、それだけの手続きはあるはずです」

「その辺がどうもおかしいね」

前川は煙草の輪を吹いた。

「そのことで君に湯河原に行ってほしいんだ」

「どうやって探し出せばいいんです？」

「女流作家が急死したと言えば、旅館のどこかには分ってるだろう。あまり多くもない湯河原の旅館だからね」

それなら、なぜ、前川自身か他の者が湯河原に急行しないのだろうか。

この辺に妙なカラクリが感じられる。

しかし、恵子は大村との約束があった。大村が望むものはこのカラクリだ。

「とにかく、君、これからすぐ社に出て竹倉社長にも会ってくれたまえ」

「社長がどうして知ってるんですか？」

「いや、その電話を聞いたのが社長だからね」

前川は何となく口を濁す。

「ええ、いいわ。一応、お話を聞きに行きます」

恵子は前川一徳といっしょにアパートを出た。

「君のアパートはなかなかいいね」

前川は電車の中で話しかける。

「そのうち、ぼくも遊びに行くよ」

と冗談めかして言った。

「男の方は全部遠慮してもらっていますの」

「男子禁制かい？」

前川は声を出して笑ったが、

「山根君だけは別かな」

と呟《つぶや》くように言った。

前川は山根が恵子のアパートに来ていると推測しているらしい。分りやすいように地理を聞いたのも、その見込みからだろう。

恵子は取合うと面倒臭いので、わざと知らぬ顔をしていた。

が、前川のことだからアパートに本気で来かねない。あるいは竹倉社長を手引きするかもしれないのだ。あのアパートも引越さねばなるまい。

恵子は、出社すると竹倉がどんな話を持出すか分らないが、湯河原に行く可能性は強そうに思えた。それを大村にどう連絡するかだ。昨夜の話では、あの旅館を逃げ出すのが精いっぱいだったので、そこまでの打合せをする余裕がなかった。

「ときに、君、大村が君のところに来ていないか？」

前川は吊革《つりかわ》に下がりながら何気なさそうにきいた。

恵子は恰度《ちょうど》大村のことを考えていたときなのでぎょっとした。前川もさる者だ。大村があの騒動のあと何か策動していると感づいているらしい。それを恵子に結びつけた理由は分らないが、前川は彼なりにカンを働かせたか、それともヤマをかけたか分らない。

大村は今度のことで竹倉と前川に目にもの見せてやると意気込んでいるから、前川としても油断のできないところだ。あるいはその辺の空気を察知しての質問かもしれない。

「いいえ、あれからお遇《あ》いしませんわ」

恵子は多少気がひけたが、そう答えた。

「そうかな」

前川は案外に何気ない眼を向けている。電車は新宿を出て四谷《よつや》あたりを疾走していた。水道橋《すいどうばし》はもうすぐだった。

恵子はふと思いついた。

ここで、伊豆山の宿で前川と梶村久子のうしろ姿を見かけたことをちょっとほのめかしてみようかと思った。そうだ、これは効果的だと思いついた。何も知らないと思われて振回されるより、少しは相手をどきりとさせたほうがいいかもしれない。案外、そのことで新しい変化が摑《つか》めるかもしれないと考えた。

「熱海から前川さんはすぐ消えておしまいになりましたわね」

恵子は言った。

「ああ、ちょっと用事があったんでね」

前川は、あははは、と笑った。多分、竹倉の失敗を誤魔化すつもりもあったのかもしれない。

「わたくし、あれからね、熱海を出てよそに泊りましたわ」

「どこだね？」

「伊豆山でしたわ」

「なに、伊豆山？」

前川の表情が果して変った。

電車は水道橋駅に着いた。

前川は恵子といっしょにホームに下りたが、とたんに足が進まなくなった。

「君」

と恵子に、

「のどが渇いたから、その辺でお茶でも飲もう」

と誘った。電車の中で恵子の伊豆山泊りが果して前川の心配になっている。

恵子はこんなに早く効果が現われるとは思わなかった。

コーヒーを二つ頼んで、前川一徳は煙草ばかり喫っていたが、

「……そうか。あの晩、君は熱海から伊豆山に移ったのか」

と、そろそろ探りを入れてきた。

「ええ、仕方がないから、熱海に近いところに泊ったんです」

竹倉のためにそういうことになったのだ。前川は竹倉に協力したくせに、その点は横着に構えてその話を避ける。

「伊豆山の宿はどうだったね？」

彼は遠回しにきく。

伊豆山といっても旅館の数は多い。果して恵子がどこの旅館に泊ったかが目下の前川の関心事だった。だが単刀直入にずばりときくのは、彼にしても気が咎《とが》めるのだ。

「ええ。とてもいいところでしたわ」

恵子も面白くなって言った。

「お庭は広いし、ずっと海岸まで行くと松林などがあるんです。そこがちょっとした崖《がけ》になっていて、波打際が真下に見えましたわ。とても感じのいい家で、あんなところだと、もう一度行きたいくらいです」

「そうか」

前川は折から運ばれてきたコーヒーに口をつけた。

しばらくそれをすすっていたが、

「伊豆山の旅館は、大ていそういう構えになっているよ」

と地形的に説明して、更に探りの枠をせばめてくる。

「部屋はどんなところに泊ったの？」

「離れでしたわ。門から入って、斜面の径《こみち》を上り、丘の上に建っているようなところでした。ですから、夜なんか松林が風に揺れている音が聞えるんです」

前川はまたコーヒーをすする。

「そりゃ、いいとこだったね。そんなところなら、ぼくも一遍行きたいくらいだな」

と、とぼける。

「参考のためにきくが、それは何という旅館だったね？」

「わたしは行き当りばったりに行ったんですが、晴海ホテルというんですの」

「え、晴海ホテル？……君がその旅館に入ったのは何時ごろだったね？」

「夜の一時すぎでしたわ」

「あくる朝、庭を散歩したかね？」

前川一徳は上眼遣いに恵子を見た。

「ええ、散歩しましたわ。とっても気持のいいところ……」

「ふむ」

前川はコーヒーを煙草に換えた。彼の次の質問は恵子には分っていた。

前川一徳は、しばらく煙草をすぱすぱと吸っていたが、

「君、その庭の散歩にはほかのお客さんもいただろうね？」

と彼女の顔を窺《うかが》うような眼つきになった。

「ええ、そりゃ四、五人見かけました。でも、とても景色がいいんですから、誰だって庭に誘われたくなりますわ」

前川は自分と梶村久子の姿を恵子が見たのではないかと懸命に気にしているのだ。できれば、

（君、ぼくたちの姿を見ただろう？）

と質問したいところだろう。

「そうだろうね」

前川一徳は、恵子の表情にちらちら眼を向けている。

「あすこは、ずっと以前、ぼくも行ったことがあるがね」

彼は新しい探りの方法を考えついた。

「君の言う通り、庭もきれいだし、斜面になっているので、それを下るにしたがって波打際にゆくところが一つの趣向になっている」

「あら、前川さんもいらっしゃいましたの？」

「ずっと以前のことだよ」

彼は断った。

「君、その歩いている人たちは、どんな人だったね？」

「やっぱり、ご夫婦の方が多うございました」

「あ、そう」

前川は軽そうに言った。

「君がそこを散歩したのは、大体、朝の何時ごろだったかね？」

その時間によっては自分たちの散歩とかち合っているというわけだ。なるほど、時間のほうから問詰めてくるのが彼の心底だった。恵子は、もちろん、前川と梶村久子とが歩いていたのを見たとは言えない。

だが、これは前川の心胆を寒くさせるためにも、あんまり違った時間も言えなかった。

「そうですね、大体、八時半ごろではなかったかと思いますわ」

その時間も恵子は正確に憶《おぼ》えている。散歩から帰って食事をしたのが九時前だった。

「なるほどね」

前川も自分たちの時間は憶えている。そこで、果して恵子が自分たち二人の姿を目撃しているかどうかである。もちろん、それをきいても恵子は一応、否定するだろう。だが、実際はどうなのか。前川の眼は、まだその判断に迷っている。

彼は最後に思い切って訊《たず》ねた。

「君、そこで君の知った人に遇わなかったかい？」

「いいえ、べつに」

恵子は言葉では答えたが、ちらりと前川の顔に眼を向けた。

前川一徳は、恵子の一瞥《いちべつ》を受けて明らかに動揺した。彼は、その時間といい、いまの恵子の表情といい、はっきりと彼女がその目撃者であったことを意識した。

2

前川一徳の顔は途端に複雑になった。

いままで多少高圧的な表情だったのがずっと柔らかくなり、調子も何となく下手《したて》になった。

「井沢君」

前川は急にほほえみを顔に泛《うか》べた。

「そりゃいいとこに泊ったね。かえって熱海などよりはよかったね」

何を言ってるのだ、と恵子は思った。竹倉社長に恵子を押しつけようと企《たくら》んだのは前川ではないか。また村山も林も前川の指図通りに動いたと思っている。

前川は梶村久子といっしょに歩いたのを恵子に見られたと直感した途端、その矛盾は忘れてしゃあしゃあとして言うのだった。

「近ごろの熱海は俗化しているが、伊豆山はまだ昔通りの名残りを留《とど》めている。伊豆山を択《えら》んだところはなかなかよかったね」

「あら」

恵子は言った。

「前川さんも、最近、あの旅館にいらしたんですか？」

せいぜいの皮肉だった。だが、前川はたじろがなかった。はっきり恵子に梶村久子との姿を見られたと知った今、今度は対策をどうするかである。

竹倉社長は、おそらく、前川が梶村久子と伊豆山の旅館にいっしょにいたなどとは知らないに違いない。だから、梶村久子の死のことで恵子を何かに利用するつもりでいる。そのことは、この前川一徳が万事相談にあずかっているのだ。

前川としては竹倉の手前もあり、また不意のところを恵子に見られたと知った今、両方の谷間に落込んだことになる。

前川一徳はそれをどうさばくか、恵子には興味があった。

やはりあのことは言ってよかったのだ。

これで前川一徳の弱点を押えたことになるから、前川もそうムチャなことは言えないはずだった。

「そいじゃ、ぼつぼつ社に行きましょうか」

前川はそう言って先に起《た》ち上がった。

彼としてはいま苦境に立っている。竹倉の体面も思わねばならないし、恵子の気持も顧慮しなければならない。うかつなことをすると、恵子が真相を暴露するかも分らないというおそれも感じているに違いない。

恵子には前川がどのような芝居を打つか興味があった。

二人は、タクシーに乗るほどでもないので歩いた。

その道々、前川は遠回しに恵子に予防線を張った。

「君、社長に会ったらね」

彼は言った。

「熱海から途中で帰って、伊豆山に泊ったなどとは言わないほうがいいよ」

「どうしてでしょうか？」

恵子はあくまでもシラを切った。

「そりゃね、社長もどんな想像を働かせるか分らないからね。あれから真直ぐに東京に帰ったと言いたまえ」

「でも……」

「いや、これは絶対に言わないほうがいい。あれで社長は相当な疝気《せんき》やみだからね。君がひとりで伊豆山に泊ったなどとは思わないだろう」

「社長はね」

前川一徳はつづけた。

「君が気に入っているんだ。それは分るだろう？」

彼は眼を細くして恵子を眺める。

気に入っているも何もなかった。この前のやり方は、まるで落し穴をかけたようなものだった。その点は竹倉も前川も同じだった。こういう男はどうしてこんな恥知らずなやり方を堂々とするのだろうか。

恵子はまた山根のことを思い出す。この二人からみると、彼はまるで少年のように純情だった。

前川もその社長の片棒をかつぎながら、平然として恵子にそんなことを言っている。あつかましいにもほどがあったが、もともと、そんな具合の環境に馴《な》れているのかもしれなかった。その前川から伊豆山の一件で幾分かの力を奪ったのは、たしかに成功だった。前川は恵子が一言口をすべらしたばかりにずっと低姿勢になっている。

「あんなやり方は嫌いだわ」

恵子は言った。

「そんなことで女の心というものは許せるもんじゃないわ」

「分っている、分っている」

前川はいかにも理解したようにうなずいた。

「社長はバーの女も、君のような女も見境いがないんだ。……しかしね、あれ以来、社長もずっと反省しているよ」

どうだか分るものか、と言ってやりたかった。

「だから、もう前のようなムチャはしないと思うから安心してほしい」

「まあ、いままでのことは水に流してもらいたいが、社長が君を気に入っていることは分っているだろう。だからさ、君が伊豆山に泊ったなどと言うと、どう邪推をするか分らない。つまり、好きだからこそ気を回すわけさ。伊豆山の一件は、絶対に社長には言わないほうがいいよ」

前川の下心はそれで分った。伊豆山のことをしきりと止めるのは、実は彼自身のためだった。多分、前川はあの晩別なところに泊っていると言ったに違いない。

では、なぜ、前川はそんなに伊豆山のことを恐れなければならないのか。別のところに泊っていれば、彼に関係ないではないか。

すると、恵子には一つの考えが泛んだ。梶村久子は湯河原で死んだことになっているが、それには案外伊豆山が関連しているのではなかろうか。だからこそ前川が必死になって伊豆山を竹倉の前ではしゃべらせまいとしている。――

「社長も待っているだろう。……君のことはぼくに任して下さい。社長が怒鳴っても、君はただ知らぬ顔をしていればいい。ぼくがいいようにするからな」

前川は、それが恵子に自分の姿を見られた口止料だと言いたげな顔をしていた。

小説界社は歩いても十分だった。前川は恵子の横にぴたりと付いて足を運ぶ。通行人が恵子の顔に視線を走らせて通った。前川は恋人をつれているように、いくらか得意そうだった。

「ねえ、前川さん」

恵子は言った。

「社長の話っていうのは、具体的にはどうなんですか？」

「それはまだ言えないね」

「だって、あなたは何もかも知ってらっしゃるんでしょ？」

「全部を知ってるわけじゃない。社長はあれで君に気があるから、あまりぼくにも詳しく話さないんだ」

「でも、社長は前川さんの協力がないと何も出来ないんじゃありませんか？」

「どうしてどうして。あれでワンマンだからね。……一応、外目にはぼくを立てているように見えるけれど、わが儘《まま》な面もある。実際、本人に会ってみるまでは、何を言い出すか見当がつかないよ」

前川一徳は話を遁《に》げていた。

「だがね」

彼は言った。

「そう君が心配するほどのことでもない。さっきも言ったように、万事はぼくが巧く取計らう」

彼は梶村久子の一件を恵子に知られていると思い、その防禦《ぼうぎょ》に懸命であった。

「よろしくお願いします。……もう、熱海のようなことはないでしょうね？」

と釘《くぎ》を差した。

「まさか」

前川一徳も苦笑して、

「前にも言ったように、社長も反省しているからね。それに、今度は事件が起きてるだけに、そんな余計なところに気が散るはずがないよ」

しかし、恵子はどうだか分るものかと思った。

だが、このことをどうして大村に連絡するかだ。

大村からはあのとき電話番号を書いて貰《もら》っているが、時間を打合せていないので、果して大村が自宅にいるものかどうか分らなかった。ことがこんなに急になろうとは思わなかったのだ。

が、まあ、まさかのときは電報でも打って方法を決めようと思った。

小説界社のガラスのドアを押した。

一階は営業部だが、全員が忙しそうにしている。ここではほかの雑誌が売れているのだ。

二階に上がった。

今日は週刊誌の連中はほとんど顔を見せていない。何となく発刊が遅れて気分がだれ、休む者が多いのだ。

社長室は三階だった。

前川が個室のドアを叩《たた》いた。

ドアを開けると、竹倉社長が大きな回転椅子から眼をこちらに向けたが、いち早く恵子の顔に眼が走った。

竹倉は、恵子が入ってもけろりとしていた。前のことはきれいに忘れた顔で、かえって威厳をみせている。

「昨日、君は社を休んだね？」

いきなりそのことから非難めいた言い方をした。

「ええ、少し用事があったものですから」

恵子は神妙そうに答えた。

「前川君が電話ですぐ来るように言ったんだが」

「どうしても脱《ぬ》けられなかったんです」

「どんな用事か知らないが、社用と私用とを混同してもらっては困るね。こちらは急用だと言ったはずだ」

「すみません」

「今日となっては、もう手遅れだ……なあ、前川君」

「そうですな」

前川は客用の椅子に坐《すわ》って調子を合せたが、のんびりした声になっている。これが例の一件を知らない前だったら、竹倉の尻《しり》について恵子をどんなに責めるか分らなかった。

「梶村久子さんが死んだんだ」

竹倉は言った。

「いや、死んだという情報が入っている。真偽はまだ分らない。自宅に問合せてみたが、まだ何も知っていない。簡単に言うと、これだけのことだ」

竹倉は仕事の口調になった。

「やっぱり湯河原で亡くなられたんですか？」

湯河原のことは、大村が電話でいろいろと捜索して分らなかったことだ。

「湯河原だ。それも奥湯河原《おくゆがわら》だというので、こちらで電話帳を調べて旅館に電話してみたが、どこも知らないと言っている。だが、梶村久子が目下行方不明になっているのは事実だ。死んだか生きているかは別としてね。そこで、旅館のほうが事実を匿《かく》しているということも考えられる。そこに何か事情もありそうな気がする」

「………」

「奥湯河原といえば、旅館の数はそう多くはない。早速、君に現地に行ってもらうつもりだったんだ」

「誰がそんな情報を伝えたんですか？」

恵子はそれが一ばん疑問だった。

前川の話だと名前を匿して電話をかけてきたというのだが、なぜ、わざわざこの社にだけそれを伝えたのだろうか。

恵子は、実は今朝新聞を気をつけて読んだが、梶村久子のことは一行も出ていなかった。あまりぱっとしない女流作家だったが、それでも死亡となると、その記事が片隅にでも載っていなければならない。それがなかった。

「誰だかこちらには分らないがね。しかし、ぼくの考えでは、それは信憑性《しんぴょうせい》があるように思っている。また、ほかの社にそれを通知しないのは、あまり騒がれたくないからではないかな」

「では、まだはっきりしないんですか？」

「はっきりしない。だから、今日湯河原に早速行ってもらいたい。男の記者が行くと、旅館にとかく警戒されるからね。女のほうが話を聞き出しやすい。昨日だったら一ばんよかったが、今日でも仕方がないよ。いま、何時だね？」

竹倉は前川をかえりみた。

「はあ、一時です」

前川一徳は腕時計を眺めて言った。

「君」

竹倉は恵子の顔を無遠慮に見据えて言った。

「これから湯河原に行ってくれないか。ちょうど向うに着く時刻もいい」

「一人で行くんでしょうね？」

恵子は念を押した。

「もちろんだ。心細いかね？」

「いいえ、結構です」

竹倉の口辺にちょっと皮肉な微笑が出かかった。

「奥湯河原の旅館は、今も説明したように数が少ない。一軒一軒当ってみたところで知れたものだ」

「でも」

恵子は疑問を言った。

「そんなことをしても、先方が正直に言ってくれるでしょうか。もし、梶村先生の死がそこで秘密になっていたら、女中さんの口も固いに決っていますわ」

「さあ、そこが技術だ」

竹倉は言った。

「ぼくの感じでは、出てきた女中さんの態度だとか、口ぶりだとかで、およそ察しがつくと思う。――なぜかというと、おそらく、この問題で追求に行くのはうちだけだろうからね。よその雑誌社はまだ何も気づいていない。最初にぶっつかるから、向うだって顔色が変る。その表情の変化を君が捉《とら》えるのだ」

聞いてみると、まんざら筋が通らないでもなかった。

「そうだな、こういうことはどうだろうか」

途中で竹倉は気がついたように言った。

「梶村久子さんの性格として、あまりケチなところには泊らないと思う。わりあい大きな旅館だと思うね。それと彼女の趣味だ。ホテル式のところより、純日本旅館のほうが好みに合いそうだ。……まあ、こういうところがぼくの考えの一つのヒントだがね」

竹倉は、ソファに坐って煙草を吹かしている前川一徳のほうを振向いた。

「そうだろう?」

「その通りですな」

前川は何を言われても相槌《あいづち》を打っている。

だが、恵子は竹倉の言うことは尤《もっと》もだと思った。よく梶村久子の性格をつかんでいる。

竹倉は引出しを開けて封筒を出した。

「旅費だ」

彼はそれをぽんと恵子の前に投げ出した。

「分らなかったらどうしましょう?」

恵子は指示を仰いだ。

「分らないはずはない」

竹倉は絶対的な言い方をした。

「必ず分る。分るまで頑張るんだよ」

「今から向うへ行くと、着くのは早くて三時ごろになりますわ。それから旅館を一軒一軒当ったんでは日が暮れてしまいます」

「むろん、それも考えている。旅費は君が宿泊する分まで含まれているからね」

「泊るんですか?」

恵子は社の階段を降りた。前川一徳がうしろから用ありげにつづけて降りていたが、

「井沢君」

と小さい声で呼び止めた。

「社長の機嫌は心配したほどではなかったね」

それは当り前だったが、事実、恵子も竹倉がもっと怒っているのかと思っていた。

「いま社長が言ったことは、ぼくも梶村女史の泊った家を捜す手がかりになると思うよ。いいヒントだね」

「すぐ捜し出せそうですわ。なるべく早く帰ってきます。取材が出来たら、どうしましょうか？　今夜は遅いですから、明日の朝まとめて提出しましょうか？」

「そうだね」

前川は考えていたが、

「社長も待っていることだし、東京に帰ったら、一応電話をぼくのところに呉《く》れないか。結果を早く知りたいのだ」

前川一徳は急いで名刺を出し、その裏に電話番号を書いた。

「名刺には書いてないが、ここだとすぐ連絡できるようになっている」

「分りました」

恵子は言った。夜中に前川のところへ電話をかけるのは気が重かった。

「今度は社長がついてこないから安心ですわ」

恵子は実感といっしょに精いっぱいの皮肉を言った。

「そんなら君も心配なく取材にかかれるわけだね。じゃ行って来なさい」

前川はズボンのポケットに手を突込んでいた。

「行って参ります」

旅費はいくら入っているか分らないが、封筒のままハンドバッグの中に入れておいた。

恵子は社を出て水道橋駅へ急いだが、途中で何度も振返った。誰も後をついてくる者はいなかった。

彼女は駅につくと、切符を買う前に電報の取扱窓口へ進んだ。

「カジ　ムラサンノケンデ　イマカラユガ　ワラニユク」

約束通り大村に電報を打った。湯河原にすぐこいとも、東京に引き返してからどこに待っていてくれとも書かなかった。こっちのほうも警戒を要するのだ。

恵子は電車に乗った。東京駅から湘南《しようなん》電車に乗り換えた。

――変な話だった。梶村久子の生死は依然として彼女には謎である。あの小説界社だけがそのニュースをキャッチして、ほかの新聞社や雑誌社が知らないというのも妙なことだ。第一、名前を言わない人物からの電話で分ったというが、それからして怪しい。

しかし、恵子は、梶村久子の身の上に何かが起っているとは直感できた。やはり伊豆山で実際に彼女の姿を見ているだけに、感じが違う。

電車が品川《しながわ》駅に着いた。

乗客が入れ替ってどやどやと入ってくる。恵子は、その乗客の顔を気をつけて見たが、心配したような竹倉の顔も、前川の姿も見られない。

彼女はやっと安心した。

3

湯河原は藤木《ふじき》川に沿って南北に細長く伸びた町だ。その奥は箱根《はこね》の外輪山の麓《ふもと》に接している。そのあたりが奥湯河原だった。

恵子は、駅前からタクシーに乗った。川に沿って付いた路《みち》は温泉旅館街を通り抜けてゆく。もう三時を少し過ぎていた。この時刻だと、ぽつぽつ到着の客が旅館の玄関に見られたりした。宿のどてらを着た男女が土産物屋の店先に佇《たたず》んだりしている。

その温泉旅館街が切れ、山峡のようなところを通り過ぎると、やがて見え出してきた駅が奥湯河原だった。

「お客さん、どこの旅館に着けるんですか？」

運転手はきいた。恵子は見当がつかなかった。

「奥湯河原で一ばん大きくて、純日本式の旅館はどこですの？」

「そりゃ藤木荘ですよ」

運転手は躊躇《ちゅうちょ》なく答えた。

「あすこは旧《ふる》いし、格式があります。そこへ着けましょうか？」

恵子は考えた。一軒一軒訊《たず》ねるよりも、一ばん目ぼしいところに車で入ったほうが、かえって堂々として話が聞き出せると思った。

「泊った人を探してるんですが、ひと先《ま》ずそこへ着けて下さい」

山がすぐ眼の前にあった。川は幅が狭められ、渓流となっている。路は途中から岐《わか》れて箱根の外輪山へ上る。

藤木荘は渓流に臨んだ冠木門《かぶきもん》の家だったが、車は砂利を噛《か》んで前栽を大きく回った。なるほど、純日本式で、玄関だけがいやに飾り立てられているのとは違って、旧いだけに奥床しい。

「東京から来た者ですが」

恵子は玄関に四、五人並んで膝《ひざ》をついている女中たちに少し照れていった。

「こちらに東京から見えた梶村久子さんが泊っていらしたでしょ？」

恵子は女中たちの顔を一瞬に見渡したが、どの表情も格別な変化は見られなかった。お互いに顔を見合せている。

「東京の梶村久子さまとおっしゃるんですね？」

その中で先輩らしい女中が首を傾けた。

梶村久子といっても、すぐに女流作家とは考えつかないらしい。つまり、久子はそれだけまだ一般に売れていない作家だった。近ごろではときたましか雑誌に名前を出さないでいる。恵子は年齢と人相とを述べた。

「あの、いつごろお泊りねがったんでしょうか？」

「二日ぐらい前ですけれど」

「少々お待ち下さいまし。いま帳場できいてきますから」

その女中が起《た》つと同時に、ほかの女中たちもばらばらと玄関を離れた。恵子が泊り客でないと分って、急に冷たくなったのだ。彼女は突き放された気持になった。

しかし、今の女中たちの表情から梶村久子はここに来ていないと知った。

恵子は、女中が帳場から引返してくるまでもなく、返事が分っていた。

恵子は藤木荘を出た。

待たせてあるタクシーに戻った。

「お客さん、ここではなかったんですか？」

運転手は座席の彼女に首をねじ向けた。

「泊っている心当りの人を捜しているんですが、運転手さん、ほかに純日本式の旅館はありませんか？」

「そうですね、奥湯河原は十軒ばかりしか旅館がありません。そのうちで純日本式というと、この藤木荘に次ぐものとしては、あと大観荘と朝日《あさひ》館《かん》ぐらいでしょうね。そのほかはみんな小さいですよ」

「すみませんが、その大観荘と朝日館に寄ってくれませんか。お金は余分に出しますわ」

「そうですか」

運転手はおとなしく言うことを聞いた。

大観荘には瞬く間に着いた。車で五分とはかからない。これは渓流から離れて山の裾近くにあった。ぐるりは、その自然を利用して鬱蒼《うっそう》とした植込みになっている。

玄関に女中が出て居並んだのも藤木荘と同じだった。

恵子は、今度は梶村久子の名前を出さないで、二日前に泊った女客のことを質問した。

服装はよく分らないにしても、年齢と人相とはもちろんはっきりしている。

「そうですね」

その中の一人の女中が朋輩《ほうばい》の顔を見た。

「あんたたち、そういう人を知らない？」

「さあ、おぼえてないわね。ここんところお泊りさんは少ないので、そんな人が部屋に入ったら、すぐに分るんだけれど」

と、今度は恵子のほうを見た。

「その方はひとりでしたでしょうか、ご夫婦づれでしたでしょうか？」

恵子は、はっきりと返事ができなかった。しかし、梶村久子が単独で泊ったとは考えられなかった。

「ご夫婦だと思います」

一ばん若い女中が、

「あの方ではないかしら」

と口走った。

「年配は四十四、五の方で、少し痩《や》せて、眼鏡を掛けていらっしゃいましたが」

梶村久子は眼鏡を掛けていない。しかし、お忍びなら或《あ》るいはあり得るかもしれなかった。

「お伴《つ》れの方は、どういう人でしたでしょうか？ いいえ、わたしはその女性のほうの身内でございまして、少し問題を起しているんです。それでお訊ねしたんですが」

恵子は暗に、その女性がほかの男と逃避行をやって、家族や親戚《しんせき》たちが困っていることをほのめかした。

そういうことは旅館で珍しくないとみえて、若い女中はうなずいて帳場のほうへ宿泊人名簿を見に行った。すぐに帰って来て、

「その方は東京の方ですが、寺田芳子さんと書いてあります」

東京の客というのがひっかかった。恵子は、その女の人が書いたという伝票を見せてもらった。

梶村久子とは似ても似つかぬ筆跡だった。もちろん、竹倉のでも、前川のでもない。

「違いましたか？」

タクシーの運転手が戻ってきた恵子に言った。

「それじゃ、朝日館ですね」

「そこへやって下さい」

　恵子は車に乗ったが、ふと大きな旅館ばかりを探していることが間違っているような気がした。案外、梶村久子は、小さな旅館を択《えら》んだのではなかろうか。

殊に、誰かといっしょに泊ったとすると、彼女の心理として、小さなほうが目立たないとして大きな旅館を避けたとも考えられる。


「運転手さん」

恵子は親切な男の背中に訊ねた。

「ここには、小さな旅館は六つか七つぐらいですか?」

奥湯河原の旅館は、十軒ばかりと聞かされているのでそうきいた。

「そうですな。それぐらいです」

「その中で、純日本式の旅館がありますか?」

「一軒だけあります……小さいというよりも、そこは古くからあったんですが、修繕もしないし、改装もしないから、いつの間にか、客が遠くなって、二流旅館になり下ったんですね。亡くなった前の主人というのが、競輪、競馬に凝って、ほとんど資産を使い果してしまったんですよ。だから、家に費用をかける余裕はなくなってしまったんです」

恵子の頭に直感としてきたのは、間違いなくその家だということだった。

「名前は?」

「緑旅館というんです」

「すみません。そこに先に着けて下さい」

「そうですか。ちょっと離れていますがね」

　ますます条件に合うような気がした。

　朝日館に向っていた車は、急に方向を変えた。道を登りはじめたのが、箱根の外輪山に向う坂だった。ここには外灯一つない。奥湯河原の灯が、次第に下に沈んでゆく。

「遠いんですか？」

　恵子は心細くなってきいた。

「いや、すぐそこです」

　道は途中から岐れて、マツ、スギ、ケヤキなどの林の中に突込んで行く。

　恵子は、一段と心細くなると同時に、ますます、この緑旅館だと確信した。

　ヘッドライトの光の中に、両側の林の幹が白く剝《む》き出されて流れた。やがて、ライトの先に門構えの家が映った。

「ずい分、足場の悪いところね」

　恵子は車が停ってから、窓の外をのぞいた。

「そうなんです。景色はいいんですがね。この家の二階から下を見ると、奥湯河原の渓流や家がパノラマのように俯瞰《ふかん》されるんです。以前は、有名な文化人がきたものですが」

　恵子は車を降りて、古びた冠木門の中に入った。

　正面に明りが輝いている。その玄関だけが、この暗い林の中に光をはめ込んだようになっていた。

玄関は由緒ありげだったが、どことなく荒廃している。いままで訪ねた旅館のように女中も坐《すわ》っていなかった。

「ごめん下さい」

恵子は奥に向って呼んだ。

二度、三度声をかけた。

ようやく三度目の声で女中が出てきたが、これまでの二軒と違って一人きりだった。年齢も三十を越している。それでも、ちゃんと客を迎える身仕度だけはしていた。

「ちょっと、伺いますけれど」

女中は玄関に膝《ひざ》をついたが、どの旅館よりも行儀がよかった。

「一昨日の晩に、こちらに婦人のこんな方が泊らなかったでしょうか？」

恵子は、梶村久子の特徴を述べた。名前をいっても、偽名だと分らない。

女中の顔が、はっとした。

恵子はその表情を見逃さなかった。二軒の宿にもなかった反応がここで初めて見られたのだ。

「確かに、こちらに泊ったはずですけれど」

恵子は自信を得て、畳みかけた。

「さあ」

女中は言葉を濁したが、表情のほうが承知しなかった。動揺しているのだ。

「いいえ。そんな方はお泊りではございませんでした」

その答えにも力がなかった。

恵子は、もし梶村久子が実際に泊っていて、それをかくすには二通りの答え方があると思った。一つは、躍起になって否定されることと、一つは、どぎまぎした答え方とである。いま、目の前にいる女中の返事は明らかに後の場合だった。

恵子は、この宿の立地条件といい、以前から文化人が来て泊っていたという話といい、現在は廃れて客足が遠ざかっていることといい、梶村久子が宿泊したのは、ここ以外にないと確信を増した。

「失礼ですが、おかみさんがいらしたら呼んでいただけませんか。わたしは東京から来たもので、実は、その婦人客の縁故に当るものです」

「お客さまのお名前はなんとおっしゃいますか。いいえ、わたくしのほうはお泊めしていませんが、そうまでおっしゃるとお名前を承わりたいのです」

「本名は梶村久子さんです。尤《もっと》も、ここの宿帳には何とつけたか――」

といいかけたが、あとをつづける必要はなかった。女中が急に奥へ駆け込んだからである。

梶村久子は確実にここに泊っていたのだ。

問題は、これから現われるに違いないこの家の主人がそれを正面から否定するかどうかである。

五分は、たっぷりと待たされた。

奥から五十ばかりのやや肥《ふと》った女が出て来たが、おかみだと分った。顔だちは上品だった。繁昌《はや》っていたころは、いかにもこの旅館を取り仕切っていたという感じだった。

「いらっしゃいませ」

おかみは恵子の立っている前に膝をついた。

「お忙しいところを妙なお訊《たず》ねに上って申しわけありません」

「いま女中から聞きました」

おかみが言った。

「そういう方は、わたくしのほうにはお泊りになりませんでした」

静かだが切り口上だった。恵子の予想した答えの一つだった。

「変ですわね」

恵子はおかみの返事を聞いて言った。

「たしかにこちらにご厄介になったと思うんですけれど」

「何かそういうことがあなたさまに分っているのでしょうか？」

おかみはほほえんでいるが、言葉には芯《しん》の強いものがあった。

「申し遅れましたが、わたくしは梶村久子の仕事を手伝っている者です。梶村先生というのは、小説や随筆を書いていらっしゃる作家です」

恵子は、自分の一語一語が相手の顔にどのような反応をみせるかを気をつけて見ていた。だが、色の白い五十くらいのおかみは、水のように冷静だった。かすかに浮んでいるほほえみも前とは変らなかった。

「実は、その梶村先生がこちらで亡くなられたと聞いたものですから、心配になって真偽をたしかめに参ったわけです」

「亡くなられたとおっしゃるんですか？」

おかみは、ややきっとした眼つきになった。

「それはどこから出た噂か知りませんが、わたくしのほうにはお泊めしていませんから、何とお訊ねになっても言いようがありませんわ」

「当人がここにご厄介になったのには、あまり他人には言えない事情があったことと思います」

恵子は言った。あくまでもこの旅館に梶村久子が泊ったことを事実として、その前提の上で話を進めた。でなかったら、泊っていませんと言われたら、はいそうですかと引き退《さが》らざるを得ない。多少は強引でも、こちらも既成事実の上に立っている気持だった。

「ほかの者ではありません。梶村先生とわたくしとは、仕事の上ではいわば師匠と弟子みたいな関係になっています。おかみさん、誰にも話しません。先生に不利なことは分っていますから。わたくしの口から人に言うはずがありませんわ。どうか、本当のところをおっしゃっていただけませんか」

「………」

おかみは黙った。だが、その表情には少しずつ動揺がひろがってきていた。

「お宅に誰と泊ったかは、この際問題ではありませんわ。知りたいのは、梶村先生が生きているのか、死んでいるのかということです。ここに泊って死んだという知らせがあったものですから、それを聞くなり飛んできたんです。もし、お宅の旅館で先生が急死したと世間に分ると、もっと事情が混み入ってくると思います。けれど、わたくしは一切を阻止しますわ。新聞社でも、雑誌社でも……その代り、わたくしだけには本当のことを言っていただきたいのです」

宿のおかみは困ったような顔をした。もう、その表情だけで勝負があったともいえる。

「もし、こちらに梶村さんの本名で泊っていないとしたら、せめて宿帳の名前でも見せていただけませんか。お願いします」

おかみはようやく顔をあげた。

「その方があなたのおっしゃるような梶村久子さんかどうか分りませんが、一応、気が済むように宿帳をごらんになりますか」

おかみは帳場のほうへ引込んだが、間もなく一枚の細長い紙を持ってきた。

〈尾崎好子　三十八歳　藤沢市南仲通××番地　外一名〉

恵子はおかみをみつめて動かなかった。

「わたしは、どうしてもここに梶村久子さんが泊ったとしか思えないんです。いろいろと事情がありそうですけれど、ぜひ正直なところを教えていただけませんか」

おかみの顔がすうっと曇った。

「今も申しましたように、わたくしは梶村さんと特別な縁故があるんです。もし、本当にここに来ているのだったら、大へんなことになるのです。と申しますのは、梶村さんがここで亡くなったという噂があるからです」

恵子は一語一語に力をこめて言った。

「その話を聞いてから矢も楯《たて》もたまらず、東京から駆けつけて参りました。おかみさん、女は女同士ということがありますわ。ぜひ正直なところを教えて下さい」

おかみの顔色は動揺していた。

しかし、その返事は前と同じだった。

「何とおっしゃっても」

おかみは少しきつい調子で言った。

「泊っていらっしゃらないものを、お泊りになったとも申上げられませんわ。どこでそんな噂をお聞きになったか知りませんが、わたくしのほうは全く知らないことです」

「そうですか」

恵子はおかみの顔色にたしかに反応があったと思ったが、それ以上押返すこともできなかった。

しかし、おかみは根は善良な人だと思った。言葉と違って顔色が変るのは正直なせいであろう。

だが、あくまでもことを隠すのはどのような原因からだろうか。よほど強い何かが、このおかみの上に約束として加えられたのではないか。

恵子はとにかくおとなしく出た。

「どうも失礼しました」

「どういたしました」

おかみのほうが急に弱い表情になっていた。

恵子は玄関を出た。

しかし、むろん、これで諦《あきら》めたのではなかった。

ただ、次の手段が分らなかったのだ。

車は外にまだ待っていた。

「違いましたか？」

運転手が一ばんにきく。

「違ってたわ」

と彼女は答えた。

「運転手さん、たびたびすみませんが、どこでもいいから、ここに一ばん近い旅館に着けて下さい」

「はあ、分りました。――一ばん近いというと、やっぱり朝日館ですな」

「じゃ、そこでいいわ」

恵子は車に乗った。

ヘッドライトが緑旅館の古めかしい門を掃いて位置を換えた。

車は再び林の路《みち》を走って大通りへ出る。それから下りにかかると、下の旅館の町がせり上がってきた。

朝日館までは瞬く間だった。

恵子は車を降りて運転手にチップをはずんだ。面倒臭がらずに彼女のいう通りに動いてくれたのである。

「いらっしゃいませ」

恵子は、緑旅館とは見違えるようなきれいな玄関に立った。

4

恵子は朝日館の奥まった一間に通された。

川には遠いが山には近い。障子を開けると木の葉の匂いのする夜気が座敷に流れこんだ。

女中は遅い食事を運んでくれた。二十五、六くらいのおとなしそうな女だった。

「近ごろは、お忙しいんですか？」

食事を摂《と》りながら恵子はきいた。

「はい。ぼつぼつでございます」

「この辺は静かですね？」

「はい。湯河原でもこのくらい奥になりますと、あまり騒がしいお客さまも見えませんので」

なるほど、そういえば来るときに見た下の旅館街の趣とは、まるで違っている。下のほうは御殿のような構えの大きい宿だったが、ここは、どこも小さくてひっそりとしていた。

「この上に旅館がありますか？」

恵子は、とぼけてきいた。

「緑旅館というのがございます。山の中になりますが、昔からある旧《ふる》い旅館でございます」

「ここから近いんですか？」

「はい。すぐ上になっております」

「そんな山だと、もっと静かでしょうね」

「静かなことは、この辺では一ばんではないかと思います。その山の中がいいとおっしゃって見えるお客さまもございます……以前は、風流なお客さまも見えたそうですが、近ごろは、静かなご夫婦連れが入っておられるようです」

旅館の女中のいう「ご夫婦連れ」が、実際の夫婦でないのが多いことは分っていた。恵子は黙って箸《はし》を動かしつづけた。この女中の口から何かを探ろうとする自分が、少し後ろめたかったが、これも、ここに来る唯一の目的だったと勇気を出した。

「わたしの知った人も、確か、一昨日、緑旅館に泊るようなことを言っていましたが、本当に来たのかどうか、あれから会わないから分りませんが……」

「一昨日ですって？」

恵子は女中の顔色が動いたのを見たが、性急に後は追わなかった。

「どこで聞いたのか知れませんが、いつも、この緑旅館に行きたいと言っていましたわ。まさか、こんな山の中にあるとはわたしは知らないから、もっと豪壮な家を想像してました」

「はあ、そうですか」

女中は、その話を聞くと、今までの表情が変った。

「その方はお金もあるし、ゆったりした身分だから、贅沢《ぜいたく》な旅館を想像していたんです。でも、今あなたの話を聞くと、かえって風流を好んだのかもしれませんね。そういう一面のある人ですから」

「お客さま」

女中のほうが先にきいた。

「その方は、年配の方でいらっしゃいますか？」

「そうね、あれで四十を少し出たかしら。尤《もっと》も若くつくっているけれど」

「…………」

「本当を言うと、ものを書く人なの。だから、そういう旅館を択《えら》んだのね。そうそう、その人、この前辺りを散歩していたかも知れませんわ」

女中は恵子の顔をまじまじと見ていたが、

「ちょっと、ごめん下さい」

と言うなり起《た》って部屋を出て行った。恵子は呆気《あっけ》にとられた。梶村久子の話をしたのだが、女中は何も言わないで、ばたばたと引返したのだ。

何のことだか分らなかった。多分、ほかに急な用事を思い出して、あわててそちらに行ったのだろうと恵子は思っていた。

すると、十分ぐらいして、ごめん下さい、と静かだが太い女の声が襖《ふすま》の外でした。恵子が応《こた》えると、入って来たのはちゃんと羽織を着た肥《ふと》った女だった。五十を過ぎた年配だが、細い眼とすぼんだ唇とが、男のようにがっしりとした顔の中におさまっている。訊《き》くまでもなく、この家のおかみだった。

「いらっしゃいまし」

おかみは、六十キロはたっぷりとありそうな肥った身体を窮屈そうに折って、馴《な》れた手つきで挨拶《あいさつ》した。

おかみは東京も大分陽気がよくなりましたか、とか、相変らず車が多うございましょうね、とか、いやに東京の話ばかりをした。もとより、恵子が東京から来たことを知っているから不思議ではないし、宿帳にもそう書いておいたことだ。

恵子がそれを客へのお愛想と思っていると、

「ときに、いま係の者から伺いましたが」

と言葉の調子を変えた。

「なんでも、眼鏡を掛けた、四十過ぎのご婦人のことをお訊きになったそうでございますが」

と恵子の顔を見ながら言った。

恵子は、このおかみが梶村久子に心当りがあるのかと眼をあげると、おかみの肥えた顔にはひどく重大な表情が流れていた。

「もう一度、その方の人相を教えていただけませんでしょうか」

恵子は、梶村久子の顔の特徴を択んで答えた。

「何かお心当りでも？」

「……はい。実は」

おかみは言いかけたが、何と思ったのか、

「恐れ入りますが、ちょっと、こちらに来ていただけませんでしょうか」

とそわそわしながら恵子を促した。

意味がのみこめなかったが、とにかく、梶村久子に関係したことであるらしいのは確かのようだった。恵子は、幅の広いおかみの背中のあとから従った。

廊下を歩いてゆくと、いくつも折れ曲った末、離れらしい所に導かれた。

おかみはその部屋の襖を開けた。妙なことに、ごめん下さいとも何とも挨拶をしない。

恵子がそのあとから入ると、そこは次の間になっていて、もう一つ襖が閉め切ってある。

おかみがその襖を開けた。

眼に入ったのが、夜具の中に誰かが横たわっていることと、白衣を着た看護婦が坐《すわ》っておかみに会釈したことだった。

「お客さん、ご病人の顔を見て下さいませんか」

恵子はおかみに病人の顔を見て下さいと言われても、まだぴんとこなかった。

部屋の灯は暗くしてある。看護婦の白衣だけが浮いていた。恵子の耳には途端に男の大いびきが聞えた。

おかみは看護婦に眼配《めくば》せした。看護婦は起ち上がって電灯のスイッチを押した。光は明るくなった。

恵子は心臓をつかまれたような衝撃を覚えた。声も出ない。

梶村久子が蒲団《ふとん》の中から顔だけ出して、大口を開けて睡っているのだった。男のようないびきだと思ったのは、実は彼女のものだった。

恵子は膝《ひざ》を進めた。

梶村久子はいやに血色のいい顔をして睡りこけていた。髪はばらばらに枕の上に乱れかかり、化粧もすっかり落している。四十を越した女の年齢がそこにムキ出していた。

恵子は、あまりのことに茫然《ぼうぜん》として梶村久子の顔をみつめたまま竦《すく》んだ。いびきは依然として男のそれのようにつづいている。

——梶村久子の死——奥湯河原——緑旅館。……

それが思いがけなく、この旅館に梶村久子は派出看護婦を置いて大いびきで寝ているのだった。尤も、このいびきが健康者のそれでないことは分る。

「やっぱりお客さまのご存じの方でしたか？」

おかみが恵子の顔と梶村久子の顔とを先ほどから見くらべて様子を見ていた。

「……はい」

恵子は動悸《どうき》が激しくうっているだけだった。

「ああ、やっぱり左様でございましたか」

おかみの声には安心したような響きがあった。その大きな肩もほっとしたように吐息をついた。

恵子は夢からさめたように言った。

「おかみさん、一体、これはどうしたことですか？」

看護婦が病人の首実検が終ったとみて、また電気をうす暗くした。

「実は、この方は一昨日からわたくしのほうに泊っていただいているお客さまですが」

おかみは大口を開けている梶村久子の寝顔を尻目《しりめ》にかけて話した。

「あれは、午前中こちらにお着きになって、そうそう、午近《ひる》くでしたでしょうか、急にお手洗の入口でお倒れになったのでございます。わたくしのほうはそれから大騒動になりまして……」

「それよりも、今の容体はどうなんです？」

「はあ、病名は」

看護婦が横から言った。

「脳溢血《のういっけつ》でございます」

「脳溢血？」

想像はしていたが、はっきりそう聞くと、やはり衝撃だった。恵子は問い返した。

「こんなにいびきをかきつづけてもいいんでしょうか？　脳溢血の症状にはいびきをかくのは大へん危険だと聞いていますが」

恵子の質問に派出看護婦は答えた。

「この方は、お倒れになってから一日中意識不明になっていらっしゃいました。そのときも、いびきをかいていらしたんですが、幸いなことに、回復なさって、ひとまず危機だけは脱出されました……いまのいびきは、そう心配なものではございません」

「そうですか」

恵子は、昏々《こんこん》と睡っている梶村久子の顔にまた眼を戻した。

「でも、重態には違いありません」

看護婦は言い足した。

「決して油断はできません」

「そんな具合いで、お倒れになってから、少しもここから動かせないんですよ」

おかみは看護婦の言葉のあとにつづけた。

「本当なら、すぐにも入院しなければならないんですが、こんな状態ですから、絶対安静にして、動かしてはならないとお医者さまはおっしゃるのです。ごいっしょに来られた方も大変心配されて……」

その同伴の男が問題だった。

だが、それは後まわしにして、恵子は看護婦にきいた。

「このままだと、本人はどういうことになるでしょうか？」

「さようでございますね。半身不随になって、口もロクに利けなくなると思います。大へんお気の毒ですが……」

梶村久子が中風《ちゅうふう》になり、それも重いようだった。この人の作家的生命もこれで終ったのだ。恵子は梶村久子には過去に反感さえ持ったが、大口を開けて、いびきをかいている久子を見ると、気の毒になってきた。

最近、あまり売れなくなって、本人もあせっていたが、今度の小説界社の新しい週刊誌連載を引受けたことで喜んでいたという。人間の運命ほど分らぬものはない。

恵子は詳しい話を聞きたくておかみに自分の部屋にきてもらうよう頼んだ。

元の座敷に坐ると、恵子は早速きいた。

「あの方は、本当は小説を書いていらっしゃる梶村久子さんという作家です。こちらには、どういう名前で泊ったか存じませんが、いっしょに来た男の人というのは、どんな方だったんでしょうか？」

「男の方ですって？」

おかみは、きょとんとした。

「いいえ、別に、男の方といっしょとは申し上げてはいませんよ」

恵子は、はっ、と思った。なるほど梶村久子といっしょにきた人があるというので、こちらが男だと早合点してしまったのだ。

「では、女の方だったんですか？」

「さようでございます」

恵子は、全く心当りがなかった。というよりも混乱した。

これまでは、竹倉か前川かを想像していたのだ。

「その方は、どんな風貌《ふうぼう》の人でしたか？」

恵子はせきこんで梶村久子とここに入った相手の特徴をきいた。

「そうですね」

おかみは考えている。

「年ごろは五十ぐらいだったでしょうか、大へん品のいいご婦人でした。細面で、背が高く、和服のよく似合う方でしたわ。顔だちは面長で、眉《まゆ》がやや吊《つ》り上がった感じでした。眼が細く、口もとも締った感じで、顎《あご》が少し短いといった印象を受けました……」

恵子はその人相を聞いて、その人ならどこかで遇《あ》ったような気がした。だんだん考えてみると、そうだ、それはいま緑旅館で会ったおかみそっくりだと気がついた。

緑旅館のおかみなら、むろん、このおかみが知っているわけだ。だから、それはあり得ない。しかし、たった今見てきた印象にその描写はそっくり当てはまっていた。

「宿帳にはどんなふうについていましたか？」

どうせ梶村久子とは書いていないだろうと思ってきいたが、おかみはちょっと間の悪そうな顔をして、

「実は……お名前は、つい、うっかりして宿帳を出さなかったものですから」

と弁解めいて答えた。

旅館によっては税金逃れのために、わざと宿泊人名簿を客に出さないところもある。その相手の婦人の名前が、たとえ偽名にしても筆跡で見られなかったのは残念だった。

「そのお客さまは、それからどうなさいました？」

「はい、大へんびっくりなさって、早速、土地の医者に来てもらうようにわたくしのほうに頼まれました。わたくしもこういう経験は初めてですから、そりゃ大へんでした」

「お客さんは、はじめからあの部屋に入っていたんですか？」

「そうなんです。お医者さんが少しも動かしてはいけないとおっしゃったので、そのままになってるんですが……」

商売としては大へん迷惑だという口ぶりが、そのあとにつづいていた。

「そのいっしょに入った方は、いまどうしていらっしゃるんですか？」

「それが、その日の昼過ぎに東京のほうへすぐに発《た》たれました」

「東京へ？」

恵子はおどろいた。重態の病人を宿に預けて、自分だけ東京に帰ったというのである。

「それはこうなんです。この方の身内の者を呼んでこなければならないんだが、御主人もなく、お子さんもない方なので、親戚《しんせき》に知らさなければならない。ところが、あいにくと住所もよく分っていないので、この方の留守宅に行ってお手伝いさんにきかなければならない。今から電報を打つよりも、自分が行って早速引き取るような手配をする。ついては、自分には今これだけの金しかないのでと、その場で十万円ほど出されました」

おかみは事情を話した。

「これで当座の費用は何とかやってほしい。それから、金を取ってすぐに親戚の者とこちらに戻るからと、こうおっしゃったのです。……お客さまがあの方のご親戚だったら、どうかご病人を引き取っていただきたいのですが」

5

宿のおかみは、病人の梶村久子を恵子に引き取ってくれと言う。どうやら、おかみは恵子がその「連れの人」の報《し》らせを受けて、飛んできた身内のように錯覚しているのだった。

「わたしは、梶村先生は存じ上げていますが、家族でも親戚でもありませんわ」

「え？」

今度は、おかみが意外そうな顔をした。

「では、全然、お身内の方ではないんですか？」

「違います」

恵子の返事で、おかみの顔にさっと不安が流れた。

「それは困りましたわね」

おかみは今まで多少儀礼的だったが、態度が変った。

「どうしたらいいんでしょう。わたしは、あなたさまがてっきりお身内の方だと思って、安心していましたのに。……でも、あなたがあの病人をご存知なら、あなたのお力で、なんとか東京のほうへ引き取って頂くようにできませんか。お医者さまに聞くと、今の状態なら、車でゆっくりと行けば、何んとか大丈夫だろうとおっしゃっています」

おかみは露骨に一刻も早く引き取ってくれと言っている。

恵子も困った。こんな事態になろうとは夢にも思わなかったのだ。

「ちょっと伺いますが、その連れの方はこちらに十万円置いたわけですね？　それで、当座の費用は足りているんですか？」

「それは、先ほども申しました通り、お医者さまや看護婦さんの費用に当てています。わたしのほうも、部屋代としては、あと二、三日分しか残っておりません」

商売となると、おかみも割切ったものだった。つまり、このままだらだらと長くいられると、部屋代の面でも不安だといっているのだ。

「それにしても、連れの方は無責任ですわね。こんな病人をわたしのほうに押しつけて、いまだになんの連絡も寄越《よこ》さないなんて……」

「ほんとうにそれは困りましたわね」

「どうでしょう、あの病人の親戚の方にでも早く来ていただくように、改めて、あなたのお力添えを願えませんか？」

恵子も梶村久子の親戚というのを知っていなかった。

しかし、竹倉や前川もいる。いや、それよりも彼女と最も親密な関係にある大村隆三がいる。報らせるならこの三人だった。

「実は、わたしも、ご親戚の方は知りませんのでそのほうは自信がありませんが、あの方の親しい方を存じています。早速これから電報を打って、すぐにこちらに来るようにします」

「そうですか。どうぞよろしくお願いします」

おかみは、やっとほっとしたようだったが、

「その方は、必ずこちらに駆けつけて下さいますでしょうね？」

と念を押した。そういわれると、恵子もはっきりと答えられなかったが、とにかく、大村だけは間違いなく駆けつけてくるはずだった。いや、彼にはその義務があるのだ。

「多分、大丈夫だと思いますわ」

恵子はおかみに言った。

「そのほかにも心当りがありますから、東京に電話したいんですが、あいにくと、その方は勤め先しか電話がないので、明日でなければ連絡はとれないと思います」

「それは困りましたね」

おかみは露骨に嫌な顔をした。

「明日《あした》もあのままにしておくんですか？」

おかみはヒステリー気味になっていた。

「でも、わたしでは処置がつきませんわ。ただ、梶村先生を存じ上げているというだけですもの」

「ほんとにしようがないね」

おかみは腹を立てて言った。

「こんなことなら、お伴《つ》れの人をとめておくんでしたわ。もし病人に万一のことがあったら、どうするつもりでしょうか。わたしのほうに全部責任を持たせるつもりでしょうか」

恵子はこのおかみの気持も分らなくはなかったが、自分だけではどうにもならなかった。

時計を見ると、もう八時に近かった。これからなら東京にまだ帰れる。

彼女は、おかみには適当にいって旅館を出た。

タクシーで駅に着き、すぐに電報を書いた。

「カジ　ムラサンハオクユガ　ワラノアサヒカンデ　ノウイツケツヲオコシテタオレタ」

宛名は小説界社の竹倉と前川だった。

今度は大村だが、これから東京に帰って彼に連絡したのでは遅くなるのだ。

恵子は、駅前に赤電話があるのを見つけた。

少し待たされた。大村がいないのかもしれないと諦《あきら》めかけたとき、

「もしもし」

と聞きおぼえのある声が出た。

恵子の説明に、

「湯河原からだって？」

大村は問い返した。

「そうなんです。駅前からかけています」

「梶村さんは本当に死んでいたかね」

大村は一ばんにそうきいた。

「梶村先生は亡くなっていませんわ」

「え、なんだって?」

大村はよく聞えないらしく問い返した。

「梶村先生は奥湯河原の朝日館という宿で、脳溢血《のういっけつ》で寝てらっしゃいます。重態ですわ。口も利けないくらいですわ」

「なに、脳溢血だって?」

「そうなんです。だから大村さん、早くきて下さい」

「そうだね」

大村の声が急に渋り出した。

大村の声は恵子の報告を聞いたとたんに弱くなった。

普通なら、梶村久子が脳溢血を起して重態だと聞いたらもっと大きな愕《おどろ》きが電話に響いてこなければならない。

すぐ来てくれという恵子の言葉に大村は渋っているのだ。

「それで、まだ生きているのか?」

あたかも、梶村久子が死んでいることを期待しているかのようだった。

尤《もっと》も、恵子が竹倉や前川の言葉を信用して、大村にはそのまま伝えたので、梶村久子の死を彼も決定的なものとして考えていたのかもしれない。だが、それにしても、まだ生きているのか、とは妙な言葉だった。

「梶村先生はひとりで宿で寝ていらっしゃるんです。宿でも迷惑そうですわ。大村さん、早く来て上げて下さい」

それは当然だった。梶村久子と大村とは普通の仲ではない。ほとんど夫婦同然だ。何を措《お》いても、大村は湯河原に飛んでくる義務がある。

「いま、ちょっと忙しいのでね」

大村は相変らずゆっくりした調子で答えた。

「でも、忙しくても、ことがことですわ」

大村が忙しいわけはない。彼は毎日ぶらぶらしているのだ。

「手がはずせないんでね」

大村は悠暢《ゆうちょう》にいって、

「それよりも、君、梶村の身内の誰かを知らないか？」

大村は責任の転嫁を図っている。

「そんな人、知りませんわ」

恵子も大村に腹が立ってきた。

「ない？　じゃ、どうしたらいいだろうな」

大村は他人ごとのように言っていたが、途中で気がついたように、

「そうそう、うっかりしていた。梶村久子がその宿に入ったとき一人だったかい、二人だったかい？」

「二人だったそうです」

「なに、二人？」

大村の声がにわかに元気になった。

「相手は何という奴だ？」

「女のひとですわ。名前は旅館で宿帳を出さなかったので分りませんが」

「女だって？」

大村もこれには意外そうだったが、

「君、それはゴマ化しではないか？」

とすぐに問い返した。

恵子もそれはうすうすと感じていた。しかし、宿のおかみはその連れの女の人相まで恵子に描写してみせている。

が、恵子は、いま、はっと或《あ》ることに気がついた。それは、おかみが言う、その同伴の女の顔のことだった。あのときは、それを聞いてすぐ上の緑旅館のおかみの顔を浮べたものだったが、その理由が、今やはっきりと分った。

――そうだ。あれはおかみの嘘だったのだ。デタラメだから、ここのおかみはとっさ

に近くの緑旅館のおかみの顔を思い出し、それをモデルに恵子に教えて聞かせたのだ。

朝日館のおかみの言ったことがデタラメだと分ると、梶村久子の伴れは男だったことになる。大村が誤魔化しではないか、といったのは、正しくその通りであった。

が、恵子は大村にはそれを言わなかった。説明が面倒でもあるが、ここではかえって梶村久子を庇《かば》いたくなったからだ。

「嘘ではないと思います。女中さんもみんなそう言っていますから」

彼女がいうと、

「そんなことは当てになるものか」

と大村は電話口で腹立たしそうに怒鳴った。

「君、そりゃ、きっと相手の奴に旅館の連中が買収されたんだよ。君、もう少し、その辺を探ってくれよ」

恵子は大村が自分では来ないくせに、命令だけを出しているのに憤りをおぼえた。

大村がここに顔を出さない理由は分る。彼が来ると、梶村久子は彼を絶対に自分の横から手放さないに違いなかった。

大村は金をもたない。梶村久子もこのところ大して仕事もしていないので、さほど預金があるはずはなかった。あの重態の病人を今後も宿に置くとなると、まず金の工面からかからねばならない。また、東京に連れて帰るにも、大村は梶村久子の傍から当分離れられないのだ。

大村の計算は、そんな先々のことまで見抜いているかのようだった。

「わたしでは、どうにもなりませんわ」

恵子は答えた。

「大村さんがこちらに来て調べるなら、お調べになったらいいでしょう。あなただと何もかも分ると思うわ」

「ぼくは忙しいといっている」

大村は前の言葉をくり返した。

「君、なんとかそれをやってくれないか？」

「わたしにはこれ以上どうにもなりませんわ。いまから東京に帰ります」

「東京に引き返すよりも、そちらにいてもらえないか。梶村がひとりになるからね」

さすがに大村は、その点は気がかりのようだった。

「だから、病人には、大村さんが一ばんいいと思います」

彼女は精一ぱいの皮肉で言った。

「弱ったな」

大村も恵子の「正論」には言返しができない。

「ぼくは、やはり行けないが、梶村の知っている友人の誰かに君の心当りはないか。え、誰かいるだろう？」

恵子は、梶村久子の友人だった高野秀子の秘書みたいなことをやってきた。そのときの知識で、梶村久子の親しい人を知っているだろうと大村は言うのだ。

「存じませんわ。高野先生についてたのも、ずい分前ですから」

これ以上電話をつづけても際限《きり》がなかった。

「電車がきましたから、これで失礼します」

「もしもし……」

大村があわてた声を出したが、恵子は受話器をおいた。

恵子は駅に歩いた。なんともいえない気分が胸の中を吹いていた。

恵子は、その晩遅く東京についてアパートに帰った。

駅から車を拾って戻ったのが午前一時を過ぎていた。

しかし長いこと睡れなかった。大いびきをかいて、口を開けて横たわっている梶村久子の顔が眼からいつまでも離れない。

おかみの言葉で、梶村久子が男の同伴者とあの宿に入ったことはかえって確実となった。それは大村が推定した通りだ。

久子は午前中その宿に到着したというから、多分、恵子が伊豆山で見た朝の直後であろう。つまり、久子は前川一徳と伊豆山のホテルに一夜を明し、そのまま奥湯河原に移ったのである。

すると、相手は前川一徳ということになるが、それだけで決めていいものかどうか。

大村の言うように、前川の交替として竹倉が彼女の同伴者となったのだろうか。

ここで、前川も、竹倉も、林も村山も予定よりずっと遅れて東京の本社に帰ったことが思い出される。事故はその午《ひる》に起り、善後策に四人の者が走り回ったことも想像されるのだ。

恵子は、梶村久子を軽蔑《けいべつ》したかった。しかし、何か女の哀れさが感じられる。一度は女流作家としてかなりの脚光を浴びたが、最近はすっかり落目になっている。梶村もそれには焦っていたのだ。大村とあのような関係になっているのも、ただ、大村の誘惑に彼女が安易に応じたとのみ判断できない。

大村は旧《ふる》い編集者で、各雑誌社にいろいろとコネがある。彼は、いかにもほうぼうに有力なコネをもっているように誇大して言うのだった。焦っている梶村久子が、大村のそれをアテにしなかったとは言い切れない。

そこに、今度こそは雑誌をもっていることで確実な竹倉と前川という出版経営者が現われたのだ。新しい週刊誌としての晴れの場所も久子に提供しようというのだ。

梶村久子にとっては、これこそまさに起死回生のチャンスであった。彼女が大村から前川、竹倉と移った過程に彼女のあせりがはっきりと映るのだ。

大村は、多分、そのことを察知していたのだろう。しかし、それで彼は梶村久子を責めるのでもなかった。それほどの情熱はすでに大村から失われている。彼の考えたのは、竹倉、前川が梶村久子との情事の途中に思わぬ事故に遭遇して狼狽《ろうばい》し、隠匿工作をしたことを突き止め、それをタネに竹倉から何かを強請《ゆす》り取ろうとしている。

恵子は、そんなことは前から感じていたが、梶村久子の病態を見てから、逆に久子に同情したくなった。

大村は、恵子に正面から自分の計画を打明けられないので、梶村久子の噂の真相だけを突き止めてくれと言ったが、いざ、電話をして湯河原に来てくれと頼むと、忽《たちま》ち本性を出して尻込《しりご》みしたではないか。

竹倉、前川の如きは梶村久子を棄てて遁《に》げて来ている。

こうなると、梶村久子はどうなるのだ？

恵子は、今までのいきさつはともかくとして、いま、見知らぬ宿の一室に脳溢血《のういっけつ》の身を横たえている久子を何とか救済してやりたくなった。

さし当り必要なのは、彼女を宿から病院に移す金であった。

本来なら、梶村久子を湯河原から東京の然《しか》るべき病院に移す費用や入院費一切は、当然、竹倉が出すべきであった。

大村にもその責任はあるが、実際問題として彼にはそれだけの金がない。前川は高給を取っていても一介のサラリーマンだ。やはり出すなら、かなりの資産を持っている竹倉社長だけだろう。

しかし、竹倉がそんなことを引き受けるはずはなかった。うっかりすると、梶村久子との情事が知れ渡るし、また今後彼女の面倒も見なければならない。

いや、かりにその意志が彼にあれば、とっくに梶村久子を収容しているはずだった。何も、自分の情事の隠匿工作をするわけはなかった。

恵子は、今や自分がどのような目的で、竹倉や前川に躍らされたのかを知った。

竹倉は、梶村久子の突発的な卒倒におどろき、朝日館のおかみに話をつけ、相当な金を与えて口止めしたに違いない。おかみの話でも宿では十万円もらっているから、別に礼金として相当出しているだろう。竹倉は金には不自由していない。

このとき、おかみは、梶村久子の同伴者を女性だと他人には言えと言い含められたと思う。しかし、竹倉にしてみれば、梶村久子をあの宿にひとりでいつまでも置くわけにはいかない。旅館にしても、困るのだ。

ここで考えられるのが恵子のことだ。

うかつには人には言えない。しかし、恵子だったら梶村久子を前から知っている。だが、恵子にも竹倉は真相をうち明けられない。もし、それをいえば彼女に断わられるに決っているからだ。そこで、案出されたのが取材と称して恵子を湯河原にやることだった。

外から電話通知で「梶村久子さんが湯河原の旅館で死んだ。旅館の名前は分らない」というのも、むろん偽装で、もともとそんな奇妙な電話があるはずはない。

そこで、竹倉は宿に梶村久子の知人をそちらに伺わせるから、と言い残したのだ。おかみが恵子を梶村久子の関係者と思い、強く病人の引き取りを頼んだのはその工作を示している。

つまり、竹倉にしてみれば、恵子を欺《だま》して朝日館にやることはそのことで梶村久子に連絡が取れたことになるし、宿にも安心を与えるという計算ができていたのだ。

真相が分ると、竹倉や前川の卑怯《ひきょう》なやり方、大村の卑劣な企《たくら》みがずっと前面に大きく出てきた。

恵子は、思わず別れた夫の和夫のことを考え合わさずにはいられない。

なるほど、和夫には生活力もないし、意志も弱かった。しかし、気持は子供のように単純だった。恵子が彼に不満だったのは、あまりにも彼が母親のことばかり考えたからだが、いま世間をちょいとのぞいてみて、竹倉や前川や大村のようなあくどいやり方の男を知って、和夫の単彩的な性格が、かえって懐しく思われだした。

十章　穴

1

恵子は、翌《あく》る朝十時にアパートを出た。

しかし、小説界社に真直ぐに行ったのではなかった。今さら竹倉や前川に梶村久子のことを話しても仕方がないような気がした。問題は、梶村久子を一刻も早く湯河原の宿から引き取って、適当な病院に入院させることだった。これまで考えたように、竹倉がその費用を出す気遣いは絶対にない。

そうなると、恵子はその費用を他から援助してもらうよりほかなかった。

彼女の頭に泛《うか》んだのは、女流作家の第一人者末田よし子だった。

末田よし子は死んだ高野秀子の先輩に当り、そのころ高野の仕事の手伝いをしていた恵子は、末田よし子をよく知っている。また末田女史は梶村久子とも知合いだった。

末田よし子はもとプロレタリア文学の出身だったが、その行動的な文学はいつの間にかそのせまい陣営から離れ、今では女流文壇の大御所的な存在となっている。作品活動も幅広く、また相当の資産も持っているということだった。彼女の名前は、そのポピュラーな文学に加えて、世間の評判を呼んだ私的行動がプラスし、今では押しも押されもせぬ第一人者にのし上がった。

恵子が、まず梶村久子の援助を頼みに行く目当ては、この人だった。

もっとも、末田よし子は、金銭については非常に合理的な考えの人で、友情とはいっても、そうたやすく金を出してくれるとは思えなかった。だが、問題はさし迫っている。金のある末田女史に頼むよりほか恵子には方法がなかった。

恵子がもう一つアテにしているのは、末田女史がその入院費全部を負担しなくても、彼女のその勢力として持っている婦人文学会を動かしてくれたら、共同のカンパぐらいはしてくれるかもしれないという考えだった。

恵子は、末田女史のいる目蒲線《めかません》の池上《いけがみ》に降りた。彼女の家は、本門寺《ほんもんじ》近くの閑寂な住宅街の中にあり、ひときわ目立つ邸宅だった。

一昨年《おととし》、家庭的なトラブルから(これも一時世間を騒がしたことだが)、今では夫と別れて独りで住んでいる。

出てきたお手伝いに恵子は名刺を渡し、相手が自分の名を憶《おぼ》えていないことを懸念して、以前、高野秀子の仕事を手伝っていた者です、と名刺の横に添え書きをした。

それが効いたらしく、きれいな応接間に通された。

応接間の正面はほとんど書棚になっていて、それには末田女史の著書が一ぱい詰込まれてある。文壇歴三十年近くに亘《わた》る彼女の著書は、広い書棚に一ぱい詰っていた。

ドアが開いて、末田よし子の肥《ふと》った身体が現われた。あまりに肥えているので、子供のようによちよちした歩き方だった。

「しばらく」

末田女史は、男のような声でそう言うと、恵子の前の椅子に太い身体をどっしりと構えた。

「ご無沙汰《ぶさた》しました」

恵子が挨拶《あいさつ》すると、末田女史の細い眼がチカチカと光って、早くも恵子の来訪の目的をよみ取ろうとしていた。

「ずいぶん、しばらくね」

末田よし子女史は、低い鼻に煙草の煙を吹き出して恵子を不遠慮に見ている。その眼つきには、高野秀子のところにいた恵子の面影を思い出そうとしているようでもあったが、同時に、今ごろこの女はなんのために、突然やって来たのだろうかという探りが露骨に出ていた。

「本当に長い間ご無沙汰しまして」

恵子は身体を固くして、言訳ともつかない挨拶をした。

もともと、この気の強い末田女史には恵子は前から苦手だったが、今の場合、感情の好悪はいっていられなかった。

「先生は、梶村久子さんの最近のご様子をご存知でしょうか?」

恵子はおそるおそる言い出した。

「梶村さん？　このごろ、さっぱりお付合いがないから知らないけれど……梶村さんがどうかしたの？」

もちろん、末田女史にとっては梶村久子は後輩だった。のみならず、彼女は梶村久子を見下している。近ごろ、さっぱり仕事をしないでいる梶村久子が、女史には才能のない女に見えているに違いなかった。

その気持が表情になって梶村久子の名前を出したときに、早くも女史の顔にさっと流れた。

「実は梶村先生は四、五日前に脳溢血《のういっけつ》でお倒れになったんです」

恵子が言うと、女史もさすがにおどろいて、

「あら」

とにぶい小さな眼を一瞬に見開いた。

「それはお気の毒ね。どこで？」

「湯河原なんです。湯河原の旅館で……お仕事中のところになられたんです」

「で、容態はどうなの？」

女史は、さすがに女らしくうすい眉《まゆ》をひそめた。

「いまのところ、生命《いのち》だけは取り止めたようですけれど、重態には変りはありません」

「そう、命が助かっただけでもよかったわね」

途端に、末田女史は冷淡な顔に戻った。……早くも、恵子の来訪の目的を察知したのだった。

「先生は、梶村さんをよくご存知でいらっしゃいますか？」

「そうあまりお親しくはしていないけれど、前に、何回か会って話したことはあるわ。……あんたは、梶村さんのところに出入りしているの？」

と逆にきいた。

「出入りしているわけではありませんが、偶然なことから、梶村先生の病気に立ち会うようになりました。ご承知のように、わたしがお仕事の手伝いをしていた高野先生のお友だちだったものですから」

「そうね。高野さんとは仲がよかったようね」

末田女史は言葉とは反対に、次第に冷淡な顔に戻ってゆきつつあった。

「つきましては、ぜひ先生にお願いしたいことがありますけれど」

「………」

「ご本人は湯河原の宿で寝たきりでいらっしゃるんです。わたし、その病状を見てきたんですけど、あの状態では、いつまでも宿に置いておけません。東京の適当な病院に移したいのですが、梶村先生はお金がありません」

「あら」

末田女史は、逸早《いちはや》く手でさえぎった。

「だったら、雑誌社に行って前借すればいいんじゃないの？」

末田よし子は、恵子が梶村久子の入院費用のことを言い出したとたんに興ざめた顔になった。費用は出版社から前借しろという。

しかし、最近、ろくに仕事をしていない梶村久子に出版社が前借をさせるはずはなかった。全盛期の梶村久子とは違っている。出版社は利用価値のある間だけは作者の便利を計ってくれるが、それがなくなればハナもひっかけない。その点、ジャーナリズムは冷酷無情である。恵子もそれをよく知っている。

いや、ジャーナリズムには戦前から泳ぎつづけている末田よし子女史は、そんなことぐらいは百も承知だ。結局、この計算高い女史は自分の手もとから一文も出すまいという魂胆だった。

恵子は絶望した。

「でも、出版社の前借はちょっと見込みがないように思われます」

恵子はそれだけは言った。

「あら、そうかしら」

女史はとぼけてみせる。

「そりゃ、あなたが当ってみないと分らないわ」

「先生」

女史の友情のなさに恵子は少し腹が立ってきた。ふだんからの付合いはそれほど親しくないにしても、同じ女流作家同士ではないか。

殊に、仆《たお》れた久子は見知らぬ宿で窮地に陥っているのだ。

「出版社の前借のことでは、わたしからお願いに行っても相手にされないと思います。先生。もしよろしかったら、先生から添書なり紹介状なりを書いて戴《いただ》けませんでしょうか？」

本当なら末田よし子の名前で頼んでもらいたかったが、気のりのしない彼女にそこまでは言えなかった。

「そうね」

女史は不機嫌そうに煙草を口にくわえた。マッチを握った手が赤ん坊のように肥っている。明らかに末田女史はイヤな顔をした。

「それもちょっと困るわね」

女史は煙を吐いて答えた。

「わたしがそんな添書や紹介状を書いたりすると、出版社はわたしをアテにしてしまうわ。失礼だけど、梶村さんは前借してもそれが払えるかどうかは今のところ分らないわ。元気なときでさえお仕事が停滞しているのに、そんな病気にかかっちゃなおさらだわ」

「…………」

「そうなると、梶村さんに出したお金は全部わたしが背負うことになるわ。紹介状や添書はいくらでも書いてあげますが、お金の保証は、はっきりと区別してもらうわ」

言いにくいことを平気で言うのがこの人の特徴だったが、なるほど割切ったものだった。

しかし、考えてみると末田女史の言い方も尤《もっと》もだった。恵子の考えよりも、はるかに合理的だ。

「先生」

恵子は最後に言った。

「先生おひとりにご迷惑かけても申しわけございませんわ。それでは婦人文学者会のお力でなんとかなりませんでしょうか?」

末田女史との話し合いは失敗に終った。

彼女はそんな個人的な支出は困ると、はっきり断った。「婦人文学者会」としての救援資金も確約を与えなかった。

「会のほうは、わたしの一存ではいきませんからね。やはり、みなさんと相談しなければ……」

しかし、末田よし子が会の実力者であることは誰もが知っている。本人にその気があれば、今すぐにでも婦人作家たちの間に電話をかけて早急に話をまとめることが可能なのである。

末田よし子は、その小説の仕事のほかにも社会的な幅広い活動家として知られていた。彼女の体格が象徴するようにその行動も精力的だった。

彼女さえその気になれば、たちまち梶村久子の入院費用ぐらいは集まるわけだ。女史は渋い顔をして恵子の来訪を露骨に迷惑がっている。

恵子は、ではあとでまたお電話をしますからよろしくお願いします、といって末田邸を出た。

こうなると、ますます梶村久子が可哀想になってくる。

末田女史が動かないのは、要するに、梶村久子をそこで助けても女史自身に何のプラスにもならないことを知っているからだ。梶村久子はすでに忘れかけられている存在だ。末田女史が彼女に救助の手を差しのべても、結局は女史が久子から得るものは何もないのである。

末田よし子は極めて打算的な女性で、常に自己中心の利害関係で動いているという噂は定評になっていた。口ではなかなか進歩的なことをいうが、要するに計算の細かながっちり屋であった。

恵子が会った印象でも、その噂は狂っていなかった。

しかし、ここで、末田女史に腹を立ててみても問題の解決にはならなかった。

恵子は、次に同じ女流作家の大原武子を訪ねることにした。ここで断わられたら、もう手を引くつもりだった。ほかに金を出してくれそうな人も知らないのだ。

大原女史にも、恵子は以前、多少の面識があった。

恵子は電車に乗って、田園調布《でんえんちょうふ》に向った。

駅から坂道を登ったあたりが高級住宅街になっている。大原女史はある高名な建築家の夫人で、家はそれほど大きくはないが、近代的な建物だった。

玄関に入ると、奥からピアノの旋律が流れてきている。女史が子供にでも教えているらしかった。

自分の名前を覚えていないのかと心配したが、すぐに応接間に通された。

ピアノの音はすぐに止んだ。

応接間のドアが開いて、内をのぞき、

「あら、しばらくね」

と大原女史は若々しい声を出して入ってきた。五十をこしているはずだったが、まだ四十五、六でも十分通るきれいな顔である。

「困ったことになったわね」

大原武子は見事な眉《まゆ》を寄せた。

「梶村さんとは長い間お会いしていないけれど、ちっとも知らなかったわ」

恵子は、大原武子に梶村久子が仕事で旅館に入って、急に倒れたことに続け、入院費用の援助が必要なことを説明した。

「そりゃ早く末田さんにお報《し》らせしたほうがいいわ」

何も知らない大原武子は、そんなことを言った。

「実は、先生。末田さんのほうにはさっき伺ってきたばかりなんですの」

「あら、そう？」

「ですが、末田先生は梶村久子先生の入院費用を出すことに、あまり積極的なお気持はないようでした」

「…………」

「それで、これは先生におすがりするよりほかはないと思いまして、伺ったような次第です」

大原武子は深刻げに沈黙した。それは援助資金のことではなく、末田女史がそれを拒絶したと知ったからだった。

大原女史も末田よし子にはひどく気兼ねしているのだ。

作品的にいっても、末田よし子の男のように線の太い小説と、大原武子の繊細な、良家の女性をそのまま想わせるような上品な小説とは性格的にまるで違っている。現在の女流作家のなかで、末田よし子に正面切って反逆する者はひとりもいなかった。

「先生」

恵子は頼んだ。

「わたしにお金があれば、こんなことを先生方にお願いに参りは致しません。わたしも、それほど梶村先生とはお親しくしていないのですが、あのご病態を見ると、じっとしていられなくなったんです」

大原武子はしばらく考えていたが、

「いいわ」

と決心した口振りで、

「そのお金、なんとか都合しましょう」

と言った。

「え、本当ですか？」

「末田さんが積極的な気持でなかったら、婦人文学者会にそれを提案するのはむずかしいでしょうね。でも、わたしの仲間が四、五人くらい出し合えば、なんとかなりそうだわ」

大原武子は、もともと寡作で、はでな作品活動をしていないが、主人の収入がいいので経済的には恵まれていた。

「本当に先生にご迷惑かけて申しわけございません」

恵子は頭をさげた。

「それで一体、どれくらいあったら梶村さんを救えるんですか？」

「宿の払いは殆《ほと》んど済んでいますから、東京に移す費用と当座の入院費ぐらいですわ……たとえ、入院が長びいても、そこまではお願いできませんから」

「そうね、それくらいだったらなんとかなりそうね」

大原武子は、一旦《いったん》、引きうけた。

2

恵子は、田園調布から都心に戻った。

今朝はふたりの作家の間を回ったので、出社したのは昼を過ぎていた。

「遅かったね」

恵子を見て前川一徳がきびしい眼つきをした。

「今朝、湯河原から戻ったのだったら、もっと早く社に出てくれないと、連絡上困るね」

その語調は、恵子が遅れたことだけを責めているのではなく、彼女の報告を早く聞きたいと待ちかねたところがある。

「すみません」

入院資金のことで奔走したのはいずれあとで話すことにして、当座はそう謝った。

「で、向うに行って梶村久子さんに会えたんだね？」

前川の関心はそれだった。

「ええ、やっと倒れて寝てらした所が分りました。脳溢血《のういっけつ》だったんです」

「そうか」

前川はいかにもびっくりした顔をしているが、それほどおどろいていないのはもとよりで、

「そりゃ、早速、社長に報告してくれ。ぼくも横でいっしょに聞くよ」

と椅子から腰を浮した。

「社長さんは見えていますか？」

「とっくに来て、君のくるのを待っている」

してみると、ふたりとも恵子を使っての芝居の成果を待ちかねているわけであった。

「やあ、お帰り」

竹倉社長は前川ほど不機嫌ではなく、はじめから眼を輝かしていた。前川は恵子を社長の前に坐《すわ》らせると、自分はクッションに股《また》をひろげて腰をおろした。

「その旅館は、奥湯河原の朝日館というのでした」

恵子は一切の話をはじめた。梶村久子は女づれでその旅館に泊り、相手が東京に金策に行ってくると出たまま帰らないことを言い添えた。尤《もっと》も、自分の疑問は、ここでは口に出さなかった。

「それはえらい災難だったたな。いや、梶村さんのことだよ」

竹倉は満足そうに煙草を吸った。

「こちらは妙な電話で梶村女史が死んだと聞いたものだから、あわてて君を取材にやらせたのだが、なあんだ、そんなことだったのか。……ねえ、君」

今度は膝《ひざ》の上に頬杖《ほおづえ》をついて聞いている前川を振返った。

「そんなことではタネにならないね。ただの病気で寝ているんじゃ書いたってしようがない」

「そうですな」

前川はもっともらしく同感して、

「やっぱり、情報だけでは分らないものですね。たしかめてよかったですよ」

急に興味のなさそうな顔つきになった。

「じゃ、この線はもうこれで切りましょう。井沢君、ご苦労だったな」

前川は機嫌を直して恵子をいたわった。

恵子は竹倉と前川の態度に今さらのようにあきれた。と同時に、激しい怒りが込み上がってきた。

要するに、この男二人は梶村久子の思いがけない脳溢血に狼狽《ろうばい》して、自分たちの秘事を隠すために工作したのだ。

恵子を先方にやったのは、病人を寝かせている旅館を一時的に安心させるためと、彼女を第三者として偽装した事実の証人に仕立てるためであった。

「梶村さんは、どんな容態だったね？」

と竹倉は、熱心に病状を訊《き》く。殊に、病人が口が利けるかどうかを一ばん心配しているようだった。

もっともなことで、いま梶村女史の口から実際の事情が明かされたら、竹倉や前川も、折角の工作がいっぺんに無駄になる。

「とても口が利ける状態ではありません。お医者さまからは、少しでも動かせないといわれてるそうです」

それを聞いて、二人の顔色もほっとしている。

しかし、今後の処置をこの二人はどのように取るのだろう。ここで、男二人の真意を確かめてみる必要がある。

「梶村先生は本当にお気の毒ですわ。まだ連載は始まっていませんが、その話だけでもあったことですから、社からいくらかお金を出して、梶村先生を東京の病院に移していただけるということはできないものですか？」

竹倉は天井を向いて煙の輪を出していたが、横の前川が恵子の質問を引取った。

「そりゃ、君、ダメだよ。何しろ、連載中《れんさいちゆう》ならともかく、予備交渉の段階だけではね」

前川は竹倉社長の意志を忖度《そんたく》した口吻《くちぶり》で答えた。

「それに、なんだな……」

竹倉が急に思いついたように、

「それとも、君は、その旅館から何か頼まれたのかい？」

これは明らかに彼の探りだった。

「宿では大へん困っていました。おかみさんの話では……」

恵子は答えた。

「早くご病人を引き取って欲しいというんです。なんでも、梶村先生といっしょに来た女の方が、先生の縁故先の人を寄越《よこ》すといって帰ったものだから、宿ではそれを当てにしてますわ」

竹倉は一々うなずきながら、自分の打った芝居の効果に満足のようだった。

「君、君」

前川は言った。

「もう、そんな話はこれきりにしよう。君は、ただ、梶村さんが本当に死んだかどうかを取材に行ってもらっただけだ。君が梶村さんに同情するのはいいが、それ以上言うのは、仕事の限界を越えているよ」

「そうですか」

恵子はうつ向いて黙った。

前川が小さく咳《せき》ばらいした。

恵子は黙っていたが、

「梶村先生は、とてもお気の毒ですわ。では、そのまま誰も救いに来ないとなると、どうなるのでしょうか?」

と竹倉と前川との顔を見くらべた。

「そりゃこちらの知ったことではないね」

前川が煙草の煙りが沁《し》みたように眼をしかめた。

「梶村さんの親戚《しんせき》だってあるだろうし、特に親しい友人もあるだろうからね」

この特に親しい友人というのが大村を暗に指しているのはもちろんだった。

「でも」

恵子はつづけた。

「梶村先生にはすぐ来てくれるような親戚もないし、またお友だちの方も梶村さんを引受けるようなお金を持ってる人はいませんわ」

「ふむ」

今度は竹倉が回転椅子を回してこちらに腰を向ける。

「いやに君は梶村さんに同情しているが、費用のことまで心配するのは少し行過ぎじゃないかな」

調子はおとなしいが、きめつけるように言った。

「そうかもしれませんが、女は女同士で、あの状態を見ていると心配でならないんです。それに前から知った方ですから、他人事《ひとごと》とは思えません。ごいっしょに泊ったという女の人も、それきり戻ってくるかどうか分りませんわ。いいえ、わたしはどうも戻ってこないような気がします」

ふたりの男は、恵子の最後の言葉に沈黙した。どちらの顔にも気拙《きまず》そうな色合いが微《かす》かに流れている。

「しかし……」

竹倉が言った。

「梶村さんの宿での費用などは、その人の手から出てるんだろう？」

これは語るに落ちたといえる。何も知らない竹倉がそこまで気がつくはずはなかった。やっぱり、梶村久子の同伴者は竹倉だ。つまり、前川が伊豆山で彼女と愉《たの》しんだあと竹倉に回したというところだろう。

また一方からみれば、梶村久子は久しぶりの連載に張切って、そのチャンスを確保するために新雑誌の首脳部ふたりを握っておきたかったに違いない。

もとより、それは愛情というものではなく、梶村久子が自分の野望のために単に身体を提供したにすぎない。不幸は彼女が思わぬ病気に倒れたことにあった。

このへんの想像は恵子にも容易につく。

ここまで話しても、竹倉社長は金を出す気遣いはないとみた。恵子は、最後の切札を用意しなければならなかった。

「社からお金が出ないのはもっともだと思います。わたくしが心配するのが筋違いでしたわ」

恵子が一応謝って、

「でも、とてもあの状態では見ていられませんから、わたくし、梶村さんを東京に移してこちらの病院に入院させたりする費用は、別の方にお願いしました」

「えっ？　誰だ？」

竹倉が顔色を少し変えた。

竹倉も前川も、恵子が梶村久子の入院費用をよそで工面したといったものだから、意外な顔をした。

竹倉などはぎょっとした顔つきになって、

「その金は誰が出すんだい？」

と、恵子に鋭くきいた。

「女流作家のある先生です」

恵子は答えた。

「わたしが前から存じ上げている人ですが、梶村先生の話をすると、ひどく同情して下すって、早速みなさんで都合しようとおっしゃっています」

「その人は誰だね？」

「お名前はいまのところ勘弁して下さい」

恵子は言った。

「その方も人には言わないでくれと口留めされましたから」

「ふん」

前川が横で鼻をならした。

「けだし、女流文壇の美談だね」

竹倉はしばらく考えていたが、「それは末田よし子さんかね？」

とききかえした。

「末田先生ではございません」

これは、はっきり言って置きたかった。

「しかし、君は」

竹倉が恵子を睨《にら》みすえるようにして、

「どうして、そんなよけいなことをするんだね？」

「よけいなことでしょうか？」

「よけいなことだ。そんなことをする前に、どうしてぼくらに相談しないのかね？」

「だって」

恵子は竹倉の自分勝手にあきれた。

「社からも金が出ないとなれば、どこかにお願いしなければなりませんわ。あのままだと梶村先生は悲惨な状態になるばかりです。……わたしがある女流作家の方にお願いしたのは、あくまでも個人的な立場からですわ。社にご迷惑かけたとは思いません」

たった今、金を出すわけにはいかないと言い切った手前、竹倉もさすがにそれには返事ができないでいる。

前川はくわえた煙草を灰皿に投げ捨てて、

「しかし、たとえ君の個人的な動機から出ていてもだな」

と口を入れた。

「君はうちの社員だからね。問題は作家とわが社という特別なつながりから考えて、一応は社に相談すべきだったと思う。そうじゃないか?」

おっかぶせるように言うのが、前川の癖だった。

「ね、井沢君」

黙っている恵子に竹倉が言った。

「一体、その金を出すという人は誰だね。さしつかえなかったら言ってくれないか?」

竹倉は急におとなしい声を出したが、その意図は恵子には分らないことはない。

つまり、竹倉は他人が梶村久子を救うことで、真相が暴かれるのを恐れはじめたのである。

3

恵子は小説界社を出た。

竹倉社長と前川一徳のやり方に腹が立ってならなかった。ここまで来ても、彼等は本当のことを言おうとしない、責任の回避ばかりを計っているのだ。

竹倉などは、うまく梶村久子から逃げられたと思って安心している。

だから、恵子が末田よし子と大原武子に援助資金を頼んだときいてびっくりし、不安を感じている。恵子が余計なことをしたと取っているのは、結局、大原武子やその他の女流作家たちによって真相があばかれるのがこわいのだ。

彼等の狼狽《ろうばい》は恵子が思いがけないことをしたところにある。だが、竹倉の考えがどうであっても、恵子は梶村久子を早く入院させなければならなかった。大原武子はあとで電話をくれということだったので、恵子はもよりの公衆電話に入った。

電話口には大原女史が直接に出てきた。

「先ほどは大へん有難うございました」

恵子は礼を言った。

「あら、井沢さん。もう電話を掛けてきたの？」

女史は困ったように言った。

「失礼しました。それでは後でお掛けします」

仕事中だろうと思って遠慮すると、

「いいえ、そんなことじゃないのよ」

と、女史の言葉には勢いがなかった。

「困ったことになったの」

「え、どうかなさいましたか？」

「それがね」

大原女史の声はためらっていた。

「困ったことって、なんでしょうか？」

恵子は心配になってきいた。

「梶村さんの資金カンパのことよ」

「はあ……」

「一応、わたしもいいでしょうと引受けたけれど、考えてみると、ちょっと軽率なことをしたような気がするの」

「え？」

恵子は自分の耳を疑った。

「それでね、大へん申しわけないけれど、資金カンパのことは勘弁して欲しいわ」

「先生、どうしてですか？」

恵子は顔が白くなるような思いだった。今の今まで大原武子がこちらの味方になってくれるものと信じていたのだ。それを中止したのは、どのような理由からか。

「つまり、わたしの判断が甘かったのよ」

大原武子は言った。

「あなたが、帰ってから、早速ほうぼうの友だちに電話してみたの。ところが、それはお気の毒ね、というだけで、お金のことになると、みんな尻込《しりご》みするのよ」

「………」

「本当に困ってしまうわ。女って、みんなみみっちいからね」

「でも、先生……」

「分っているわ。梶村さんが目下大へんだということは……でもね、わたしの仲間には、はっきりいって梶村さんをあんまり好きでない人もいるの。あの人のつき合いぶりは特殊でしたからね」

恵子は大原家の玄関に立った。

若いお手伝いが出てきて、恵子の名前を奥に取次いだ。お手伝いは容易に戻ってこなかった。

恵子は、電話では話ができないと思ってここにやってきたのだった。とにかく、大原武子の話を聞いてみないと納得ができない。あれほど固く約束したことだし、それも三時間前のことなのだ。

大原武子が掌《てのひら》を返したように電話で断った理由が分らなかった。

恵子は大原武子が引受けたので安心していたのだ。その好意を信じても、理由のないことではなかった。同じ女流作家の梶村久子がひどい目に遭っているのだ。とにかく、大原武子の真意をきかなければ気持がおさまらなかった。それに、梶村久子を救う資金の目当てがなくなる。

ようやく奥から急ぎ足で大原武子が現われた。

恵子が頭を下げて、

「先ほどは……」

と挨拶《あいさつ》しようとすると、彼女はかたちばかりの会釈をしただけでにこりともしなかった。玄関から上にあげなかった。

「あんた、さっきの電話で分ったでしょう？」

大原武子は立ちはだかったまま言った。恵子がここに来たのを露骨に非難する眼つきだった。

「申しわけございません」

恵子は一応礼儀は守った。

「先生からご好意のあるお言葉をいただいたので、とてもよろこんでいましたのに、先ほどのお電話では、それが全くダメになったと知って、実は、途方にくれているのでございます……」

みなまで言わせずに、大原武子は物乞《ものご》いでも見るような眼つきで、

「そりゃ、あんた……そんなことを言っても無理だわ」

と、戸を閉《た》てるように言った。

「お金のことですからね。必ず約束通りになるとは限らないわ。それに、わたしひとりが決めるわけにはいかないし……」

至極もっともな理由を言った。

だが、それだったら、あのとき、あんなふうに、はっきり約束しなければいいのだ。

恵子は大原女史が前言をひるがえしたのが、そんな金の都合からではなく、何かの原因で前の約束を取消したと思っている。

誰かが大原武子にその計画を中止させたのではあるまいか。

そうなると、最も考えられるのは竹倉だった。恵子の話を聞いてあわてて女史に電話をしてそれを頼んだとも思われる。

だが、これもまた疑問があった。なぜなら、大原武子と小説界社とはなんの縁故もつながりもないのだ。彼女の作品の発表舞台は、全く別な系列の出版社だった。

恵子はその原因が知りたかった。

「先生」

恵子は目の前に立ちふさがっている大原武子の上品な顔にいった。

「先生がご援助をお断りになった本当の理由は何んでしょうか？」

恵子が大原武子にその違約の原因をきいても、むろん、答えるはずはなかった。

「べつに理由はないわ」

大原武子はいよいよ不機嫌になって言った。

「結局、お金がまとまらなかっただけだわ。こんなことは早く結論を出さないと、あなたのほうもわたしをアテにしてぐずぐずしていたら、病人に差支えるでしょうからね」

「先生は」

恵子は言った。

「小説界社の竹倉さんをご存じなんですか？」

突然、恵子の質問が変ったので、大原武子もぽかんとした表情になった。

実は、竹倉の名前を出すことで大原女史の反応を見たのだが、その顔には恵子の予期した反応は出なかった。事実、大原武子は竹倉の名前を知らないようだった。

「そんな出版社も、名前も、わたしには関係がないわ。……それがどうしたの？」

「いいえ、それならいいんです」

恵子は話を変えた。

「すると、どうしても先生のお力では駄目なんでしょうか？」

「そうなの。だから、あなたもわたしをアテにしないでね」

恵子は、ほかの女流作家の名前を二、三、頭に泛《うか》べた。この人たちは目下売れっ子だから、頼んでみれば何とかなりそうでもあった。恵子は、もう意地になっていた。

「それでは、ほかの方にお願いしてみます」

わざとそう言うと、大原武子は眉《まゆ》を上げて、

「ほかの人に言っても無駄でしょうよ」

と言い返した。

「どうしてでしょうか？」

「まあ、わたしの予感だけど、どこに行っても無駄でしょうね」

その言い方が、ただ個人的な金の面ではなく、外からの圧力といったものを感じさせた。すでに、それが竹倉の線でないとすると、どこからだろうか。

ここで恵子は初めて気がついた。そうだ、末田よし子の圧力だ、と思った。

末田よし子は女流文学界では実力第一人者であり、またボス的な存在だった。この人に睨《にら》まれたら、誰しもちょっと困るのだ。彼女は自分の手兵を相当持っているし、評論家には仲間がいる。

大原武子が急に断わったのも、末田女史から、

（あんた、余計なことはしないほうがいいわよ）

という電話ぐらい貰《もら》ったのかもしれない。

尤《もっと》も、恵子が最初にこの話を大原武子に持ち出したとき、末田女史からは賛成が得られなかったことは言い添えておいた。それに対して大原女史は、それは困った、といった顔をしていたが、その場合は自分たちで何とかできる、と言った。

これは恵子の想像だが、大原武子も末田女史のことが気になって、電話でお伺いを立て、そこで初めて破約を決心したのではあるまいか。大原武子も末田女史には全く頭の上がらない中堅作家だった。

「いろいろご迷惑をかけました」

「悪く思わないでね」

さすがに、大原武子もバツの悪そうな表情だった。

恵子は、梶村久子を救う手段を完全に失った。金がなくては手も足も出ない話だった。最後に相談できるのは大村だが、この男も金がない。また、彼にどこまで誠意があるのか分らなかった。

恵子は通りを歩いた。

恵子はこのまま梶村久子のことを諦《あきら》めようかとも思った。彼女は決して恵子に親切ではなかった。むしろ、冷たい眼で恵子を見ていたのだ。恵子が梶村久子を助ける理由は何もなかった。

だが、この眼で、見知らない旅館に倒れている久子を見た以上、捨てておくこともできなかった。周囲が久子を突放すほど、彼女に同情が起きた。

竹倉や、大原武子や末田よし子などが、当然、久子を救わなければならないのに、みんなで逃げていることも彼女に意地を起こさせた。

しかし、恵子は、歩いているうちに、ふと一つの妙案につき当った。

それは、たまたま通りかかった本屋の店先に貼り出された雑誌の広告を見てからだが、ポスターには小説家の名前と題名とがずらりと並んでいた。

梶村久子は、たしかひとりで、こつこつと原稿を書いていたはずだった。

恵子はそれに思い当ったのだ。

どの雑誌社からも注文がこなくなっても、梶村久子はいつかは発表するつもりで頼まれもしない原稿を書いていたのである。その原稿は彼女の書斎に置いてあるかもしれない。

恵子は、その未発表原稿を雑誌社に持ち回り、事情を話して原稿料を出してもらうことを考えたのである。

普通の場合ではない。事情を話せば、編集者も彼女の原稿を買ってくれるだろう。不吉な話だが、もし梶村久子があのまま死亡した場合、それは「遺稿」という価値も出てくる。

今でこそ梶村久子の人気も後退しているが、かつては女流作家として華々しい存在のひとりであった。まだ彼女のファンはいるはずだ。

いずれにしても、そんな原稿さえあれば、各出版社や雑誌社から相当な金が集められそうに思えた。

恵子は、梶村久子の家に直行した。

彼女の家の玄関に立った瞬間、恵子はふしぎな幻覚をおぼえた。玄関の戸に「忌中」の貼紙が出され、家の門から線香の匂いが流れてくるといった場面だった。

しかし、玄関の戸を開けると、現実は、しんと静まっているだけだった。騒々しい気配は少しも伝わってこなかった。

恵子も顔を知っている二十二、三の若いお手伝いがぼんやりとした顔で現われた。

「いらっしゃいませ」

お手伝いの挨拶《あいさつ》も至極おだやかだった。

――恵子はこの家に何の異変も起っていないことを知った。

恵子はお手伝いに、

「先生がお留守だから寂しいでしょう?」

と言った。

梶村久子が湯河原で倒れていることすら分っていないのは、お手伝いののんびりした顔つきを見ただけでも分る。

「先生から連絡がありましたか?」

恵子がきくと、お手伝いは無表情に首を振った。無口だが、それだけに正直であった。

「そう……先生がお留守だと、お客さまもあまりこないでしょうね?」

「はい」

「大村さんは来ますか?」

「いいえ」

お手伝いは、いちいち首を振ったり、うなずいたりして短く返事した。やっぱり大村は来ていない。

「わたし、先生から頼まれたんですけどね」

恵子は言った。

「原稿を雑誌社に届けることになってるんですの、ですから、それを取りに書斎に通してくださいね」

「はい」

お手伝いは、旅行先の主人の使いで来たという彼女の言葉を少しも疑ってはいなかった。

「どうぞ」

恵子は上にあがった。

書斎は八畳の座敷になっている。周囲の壁が本棚でぎっしりと塞《ふさ》がっていた。

「先生は、原稿をいつもどこに置いてらっしゃるんですか？」

恵子は、入口に立っているお手伝いを振返った。

「そこの本箱ですわ」

お手伝いが指さしたのは、紫檀《したん》の机の横にある小さい扉付きの本棚だった。手文庫を真似したような造りで、観音開きになっている扉には房が垂れ下がっていた。

恵子は、お手伝いに断わって扉に手をかけた。鍵《かぎ》が掛っていると困ると思ったが、それはなかった。

中は三段ぐらいに仕切られて、原稿用紙が何束かに分けられて重なっていた。

予想した通りだった。

早速、その一つを取出してみると、五十枚ぐらいの枚数で、紙縒《こより》で丁寧に綴《と》じられてある。題名は「春の一夜」とあった。

次のを見た。「愛の水脈」

恵子は、次々と取出した。すると、大体、三、四十枚から七、八十枚くらいの短篇が全部で五篇出てきた。

恵子は、それを見て思わず涙ぐんだ。梶村久子は、まるで文学少女のように、注文のない原稿をこつこつと書き溜《た》めていたのである。

いつかは陽の目を見るつもりでいたのだろう。文字も几帳面《きちょうめん》で、書込みや抹消した箇所も多く、十分に推敲《すいこう》した跡がある。

梶村久子は、人には弱味を見せないで泰然としていたが、内心では現在の落目に焦っていたのだ。だからこそ、週刊誌の連載がきてから、そのチャンスを逃すまいとして竹倉や前川の毒手に落ちたのであろう。

4

恵子は、梶村久子の原稿を風呂敷《ふろしき》に包んで、その家を出た。

早くこれを金に換えねばならなかった。梶村久子の原稿料がどのぐらいか分らないが、せめて彼女を奥湯河原の宿から引取り、適当な病院に入れるまでの金は手に入れたかった。

恵子は、梶村久子がまだ華やかだったころ、最もその作品を掲載していたK社に行ってみることにした。

K社は都心から少し離れているが、堂々とした四階建のビルだった。受付に行って、梶村久子の仕事を手伝っている者だと言い、彼女が作品を発表した雑誌の編集長か、デスクに会いたいと言った。

応接間はだだっ広く、ちょうど、病院の待合室のように椅子がいくつもならんでいた。恵子より先に来ていた者が五、六人いたが、みんな退屈そうに備え付けの雑誌など見て坐《すわ》っていた。

恵子が希望したその雑誌の編集長も、デスクも容易に姿を現わさなかった。先客は次々と姿を現わした編集者と話を済ませては帰って行き、あとから来た客もすぐに編集者がくるので早く切りあげた。

恵子は、いつまで経っても現われない編集者を待って心細く残っていた。もしかすると、受付から通じた電話を忘れているのかもしれない。——しかし、梶村久子の使いで来たといっても、すぐにやってこない編集者の態度が、そのまま現在の梶村久子の評価になっているような気がした。一時期は、彼女の家には各社の編集者が群がり集ったものである。

だだっ広い待合室は底冷えがした。窓の外の陽がすっと翳《かげ》ってくるのも、彼女の心をよけいに暗くさせる。

靴音が入口からした。今までも何度かその足音に騙《だま》されたが、今度は正確に恵子の待っているところに近づいた。

「やあ、お待たせしました」

三十過ぎくらいの、きびきびした男だった。上衣を外して、ネクタイをワイシャツの間にはさみこんでいる。両袖《りょうそで》は肘《ひじ》の上まで手繰っていた。

「梶村さんからのご用事だそうですが？」

編集者は名刺も出さなかった。彼の自己紹介によると、編集長でもなければデスクでもなかった。平の編集者なのだ。

「実は、編集長さんにお目にかかりたいんですけれど」

「編集長は会議中です」

彼はニベもなく言った。少し不快な顔色をしている。

「それではお言づけをねがいたいんですが」

恵子は、あまり感情を害してもならないので、なるべく丁寧な言葉を使って、梶村久子が病気で倒れていること、それには入院の必要があり、早急にまとまった金が欲しいこと、ついては未発表の原稿があるので、これを原稿料に換えてもらえないだろうか、と頼みこんだ。

若い編集者は、恵子の出した梶村久子の原稿を手に取っていたが、初めから気乗りのしない態度だった。ぱらぱらと紙をめくってはときどき短かい文章に眼をさらすだけで、本気に読もうとする気はなかった。

「そうですな」

編集者は原稿を机の上に戻した。

「一応、話してはみますがね」

彼は熱のない態度で言った。

「実のところ、ウチの雑誌は執筆陣が一ぱいでしてね。梶村さんのこの原稿が載るかどうか、はっきりとお返事できないと思います」

「でも」

恵子は言った。

「一応、編集長さんにお願いしていただけませんでしょうか？　事情が事情ですから」

「はあ……それじゃ、三、四日先に出直してくれませんか？　それまで、こちらの決定をしておきます」

「あの、申しかねますが」

恵子はねばった。

「いまも申し上げた通り、お金のほうがとても急ぐんです。原稿料の前借という形でもお願いしたいんですけれど」

「前借ですって？」

若い編集者は眼をむいた。

「そりゃ、あんた。この原稿が必ず掲載されると決ってからなら、ご相談にものれるわけですがね。まだ使うか使わないか分らないのに、前借というのは早すぎませんか？」

編集者の顔は、いかにも横着なことをいいにきたと言いたげな軽蔑《けいべつ》が露骨に出ていた。

「編集長さんは、梶村先生をよくご存知の方です。この原稿がこちらの雑誌に向くか向かないかはわたくしは分りませんが、事情がそんなふうですから、特別なご便宜を計っていただきたいんですの」

「…………」

「編集長さんにお目にかからせて下さい。会議中でしたら、それが終るまでお待ちしますわ」

「会議は長びきますよ」

「結構ですわ。三時間でも四時間でも、ここで待たせていただきます」

若い編集者は、憤《おこ》ったように応接間を出て行った。

恵子は、梶村久子と親しかった編集長だったら話が分ると思った。若い編集者は彼女をよく知らない。しかし、それが梶村久子に対する雑誌社の正直な態度かもしれなかった。

十分も経ったころ、四十年配の男がせかせかした足取りで入ってきた。

「あなたが梶村さんのお使いさんですか？　ぼくは編集長のAです」

彼は、早速机の上に積まれた原稿紙にちらりと眼をくれた。しかし、それは原稿が早く見たいからではなく、なるべく早く恵子に帰ってもらいたいためのようだった。

「大体のお話は、先ほどの編集者の方にお願いしておきましたが」

恵子が言うと、編集長は冷たくうなずいた。

「はあ、聞いています」

「恐れ入りますが、この原稿を一つ読んでいただいて、よろしかったら稿料のほうをお願いできませんでしょうか？」

「稿料ですって？」

痩《や》せた編集長は、恵子の言葉にじろりとメガネの奥の眼を光らせた。

「いますぐ読めといわれても、何ぶん忙しい身体ですからね。拝見するには、やはり二週間くらい手もとに置いてもらわないと困ります」

それは当然だった。しかし、普通の場合とは違うのだ。原稿の売り込みというよりも、梶村久子の急場を救ってもらいたいのが目的だった。

また原稿にしても、一時期の梶村久子の声価だと、この雑誌社は、内容を読まないでも早速掲載を承知したものだった。いや、梶村久子の名前なら、どんな原稿でも編集者が有難くもらって帰ったものである。

それなのに、今ではその原稿を一応読まないと採否が決定しないと、まるで新人扱いだった。

恵子は、流行《はや》っている間はチヤホヤ言ってくる癖に、最盛期が過ぎると掌《てのひら》を返すような仕打ちをするジャーナリズムの冷酷さが、今さらのように心にしみた。

「それでは、よろしくお願い致します」

結局、負けるほかはなかった。

梶村久子と最も縁故の深かった出版社にしてもこの扱いだった。他社に持回っても自信がなかった。

編集長もやっと解放された顔になって、

「原稿を頂戴《ちょうだい》するとしても、前借のほうは、ぼくから上のほうに頼んでも、通らないと思いますから、これは諦《あきら》めて下さい」

「二週間後に載せていただくと決ったら、そのとき稿料のほうは渡していただけます？」

恵子がたしかめると、そのときは尽力すると編集長はいった。しかし、当惑そうな表情だった。手もとにはまだ四つの原稿が残っている。

恵子は、二、三の出版社を考えたが、もう勇気の半分を失っていた。

彼女が、ふと、思い出したのはB新聞社だった。ここでは、出版部が週刊誌と同名の「別冊」を出している。梶村久子も年に三回くらいは登場していたはずだった。

出版社だと窮屈でも、新聞社系の雑誌なら、あるいは、こちらの無理を聞いてくれるかもしれないと思った。恵子に残された最後の希望だった。

新聞社の出版部は四階にあった。狭い応接間に待たされた。K社のだだっ広い部屋と正反対なのも、今度はうまくいきそうな気がした。はかない望みは、そんなことでも縁起をかつぎたくなる。

その応接間に出てきたのは、ずんぐりと肥《ふと》った四十年配の男で、出された名刺の肩書には、副編集長とあった。はじめからニコニコと笑って、ひどくおとなしい人柄のようだった。

恵子は、ここでも梶村久子の病気の事情を述べた。副編集長は、初めてその事実を知

って愕《おどろ》いていたが、恵子の頼みを聞くと、

「どれ、拝見しましょうか」

と自分のほうから積極的に原稿の束に手を出してくれた。

「早速、拝見しましょう」

童顔の副編集長は、メガネの奥から眼を原稿に落してしばらく黙読を続けていた。

それは「虹《にじ》のある落日」という題名で、ほぼ五十枚くらいの作品だった。恵子はまだ内容を読んでいない。

副編集長は馴《な》れた読み方で原稿をかなりの速度でめくっていった。恵子は、どうかこの小説が無事に合格しますようにと祈った。

その副編集長の横顔が救いの神のように尊くもあり、またすぐに拒絶されるかもしれない怕《こわ》さもあった。

五十枚近い原稿を彼は三十分くらいで読みあげてしまった。部厚い束を二つに折って机の上に置くと、煙草を一本取り出し、ゆっくりとマッチを擦った。

その表情を見て恵子は早くも落胆した。彼の顔色は決して明るいものではなかった。眉《まゆ》を寄せ、眼を閉じてじっと考えている。むろん作品の感動からではなく、不満な読後感がその表情を作らせているのだ。

恵子は胸がふさがった。

早くも諦めてはいたが、この人に何と答えられるかと思うと心臓がどきどきした。

副編集長は二、三分はたっぷりと黙っていた。

「いや、失礼しました」

彼は眼を開けたが、その童顔はいくらか前の明るさに返っていた。

「拝見しましたが……」

と少し言いにくそうに、

「これは、梶村さんがご病気のときに書かれたんですね？」

ときいてきた。そうではないのだ。ずっと前に、彼女がなんとかもう一度花を咲かせたいと望みながら、一生懸命に書いたものだと思う。

しかし、それは言えなかった。原稿が気に入らないことは、彼の様子を見ても歴然としているのだ。

「はい」

恵子は仕方なしにうなずいた。

「ちょうど発病される前あたりではないかと思います。コンディションは決してよくなかったとは思います」

いかがでしょうか、ときくことも遠慮した。

「そうでしょうな」

副編集長はうなずいて、

「いま拝見した限りでは、梶村久子さんのお作として、必ずしも十分な出来とは思いませんな」

「はい」

恵子はうなだれた。

「まあ、ご事情がそんなふうですから頂戴することにはしますが……」

「………」

恵子は声がつまった。このまるやかな顔をした副編集長が一瞬に後光がさしたように輝やいて見えた。

「いつ掲載するか、その予定は現在のところついていませんが、それはよろしいですな？」

「はい、結構でございます」

恵子は上ずった声になった。

「本当に有難うございます。お蔭《かげ》さまで助かりますわ」

「そうですか……ええと、原稿料はわたしのほうの標準で、いますぐ会計から出させます」

副編集長は西山という人だった。

西山は、いま伝票を切って、ぼくが会計から稿料をもらって来てあげます、といって応接間を出て行った。原稿はそのまま机の上に残されている。

恵子は、その間に西山が買ってくれた原稿を手もとに引き寄せた。はじめて内容を読むのである。最初から十枚ぐらいを読み進んだが、恵子は普通なら投げ出してしまうところだった。文章は滅茶苦茶に乱れている。これが職業作家の筆かと思われるくらい常識的な表現と、幼稚な字句に満ちていた。

五十枚近い全編を読み終えたとき、一体、梶村久子はこの短篇で何を書こうとしたのか、さっぱり要点が分らなかった。内容は一人の男性を中心に二人の女の恋愛関係らしいものだが、これもありきたりの筋立てだ。

それも、至るところにテーマの混乱があるので、結局、支離滅裂な作品になっている。恵子は読み終わってからひとりで顔が真赤になった。インチキな品を押し売りにきたような思いだった。なるほど、これでは西山が困った顔をしたはずだと思った。ほかの編集者だったら、一遍に拒絶されるところである。もし自分が西山の立場だったら、このハシにも棒にもかからぬ原稿を眼の前で断ったに違いない。

それを副編集長は、承知の上で買ってくれたのだ。むろん、病気で困っている作者に同情したからで、もとより、この原稿を掲載する意志はないのである。

その親切な気持が分るだけに、恵子は自分が詐欺行為をしたような後ろめたさをおぼえずにはいられなかった。

「いや、お待たせしました」

西山がにこにこして戻ってきた。そのいささかも邪気のない表情を見ると、恵子は、もうお金は要りませんからこの原稿を持って帰ります、といいたくなった。

「それでは、これが稿料です」

封筒に入ったものを差出してくれた。

「あなたが梶村さんの代理になって受取りを書いて下さい。拇印《ぼいん》だけで結構です」

恵子は出された伝票を手もとに取ったが、金額は税引き十三万五千円だった。

「本当に申しわけございません」

恵子は原稿の罪も詫《わ》びるつもりで、礼を述べた。

「いや、どうしまして」

西山はずんぐりした身体を椅子に坐《すわ》らせ、まだ微笑を絶やさないでいる。

「あなたも、梶村さんの世話では大変ですね？」

「はい。西山さんのご親切はよく先生に伝えておきますわ」

恵子はなんだか自分が犯罪者のような気持になった。

5

恵子は新聞社を出た。手には十三万五千円の稿料を現金で握っていた。これだけあれば梶村久子を奥湯河原の旅館から東京に運べるだけの費用はあった。

問題はあとの入院費だ。しかし、これはいくらあっても際限《きり》がない。ただ、当座の入院費だけは必要である。梶村久子を湯河原に迎えに行く前に、その入院すべき病院を探し、話をつける世話まではしたかった。

それにはお金が少し足りなかった。

恵子は重態の梶村久子を見たばかりに、これだけの苦労をする自分がばかばかしく思えないことはなかった。

しかし、今度くらい人間関係の醜さを見せられたことは初めてだった。そこには自我ばかりが角つき合っていた。

マスコミという機構からしてすでにそうなのだ。利用する間は利用しておいて、あとは鼻もひっかけないのだ。そのなかで、新聞社の雑誌という特殊な形態ながら、西山副編集長の好意は有難かった。

彼女は小脇にまだ三つの原稿を入れた風呂敷《ふろしき》包みを抱えている。

しかし、も早、梶村久子の縁故を探して売りこむことの無駄をさとっていた。ただ、この三つの短篇をどのような値段でも金に換えてくれるところがありさえすれば、知らない雑誌社でも飛び込んで行きたかった。

しかし、その実現がどのように困難かは身にしみるほど分っている。事態は切迫している。いつまでも梶村久子をあのままに放っておけなかった。

恵子はこういうときに、本当に自分の力になってくれる相談相手が欲しかった。

彼女は山根を思い出した。

が、すぐに山根のところに行く気はしなかった。たぶん、彼はまだ妻の病室に浮かない顔をして詰めているのかもしれない。病院と自宅との間を往復して、ほそぼそと自炊生活をしているかも分らなかった。山根もすでに小説界社には用のない人間だった。

山根に頼んだら、という気持がふと起らないでもなかったが、その彼もこの原稿を金に換えるだけの能力と行動力があるとは思えなかった。

恵子はいつの間にか日比谷《ひびや》公園の中のベンチの上に腰掛けていた。

もう少し金が欲しい。あと四万でも五万でもよかった。

身体が疲れていた。前を若い人たちが愉《たの》しそうに通って行く。しかし、みんな恵子には無縁な人たちばかりだった。

恵子はよほど西山に無理を頼もうかと思った。しかし、いくら厚かましくてもそれは出来なかった。雑誌に掲載できない原稿を金に換えてくれただけでも、どれだけの好意か分らないのだ。先方は初めから梶村久子の入院費を寄付するつもりだったのだ。

考え込んでいると、ベンチの横に誰かが残して行ったらしい古新聞があった。恵子は見るともなくそれを拡げた。すると、下に雑誌の広告が並んでいた。それは三流の大衆雑誌だった。

恵子は神田《かんだ》の裏通りにある若葉社という大衆娯楽雑誌専門の出版社を訪ねた。

ここから出される雑誌類は、恵子も広告では見ていたが、実際に手に取ったことはなかった。ただ、広告によると、執筆の人たちはいわゆる三流クラスの人で、ちゃんとした作家はいなかった。

しかし、それでも時たま一流作家に準じた人が名前を出していることもある。すると、それをその月の売物にして広告に大きな宣伝をしているのだった。

恵子はそこに気がついた。

梶村久子だとまだ彼女のネーム・バリュウは残っている。彼女の原稿だといえば、先方も引き取ってくれるかもしれない。すぐ金になる方法といえばいまはその手段しか残っていなかった。

若葉社は、小さなゾッキ本屋や古本屋などが集まっている街の中に、それでも二階建の社屋で立っていた。

恵子はその前を五、六度往復した。さすがに見ず知らずのこの社に原稿を売り込みに行く勇気が出なかった。

思いきってそのドアを押したのは、何度目かの往復の末である。

入ったところの左側が営業部らしく、雑誌などが荷造りや、バラのまま積み上げられていた。事務員たちはその本のせまい蔭で仕事をしている。

「編集長さんはいらっしゃいませんか？」

恵子は髪をぼさぼさと伸ばした青年を見かけてきいた。

「どの雑誌の編集長ですか？」

恵子は三つの雑誌の名前を浮べたが、そのなかで梶村久子の原稿を採ってくれそうな性格の雑誌名をあげた。

「二階に行って下さい」

その男は恵子をじろじろと見て答えた。

「ここでは分りませんからね。上ったところが編集部です」

恵子は頭を下げて泥だらけの階段を上った。小説界社もずい分と汚ない本屋だが、ここはそれ以上によごれていた。

営業部の男が教えた通り、上ったところが広い部屋になっていた。十四、五人ばかりの編集部員が机にかがみ込んでいる。

恵子は、編集長に会いたいと廊下の近くにいる女の子に言った。

「どういうご用事ですか？」

顎《あご》の突き出た女が会釈もせずにきき返した。この調子だと原稿を売込みにくる者が相当あるらしい。

「実は、梶村久子の代理の者ですが、原稿のことでお願いに上ったとおっしゃって下さい」

女の子は黙って編集室のドアを開けて入って行った。しばらく廊下に立たされると、三十二、三の眼鏡をかけた背の高い男が恵子の前に出てきた。彼は自分が編集長だと名乗った。

「あなたですか、梶村久子さんのお使いの方は？」

「はい、さようでございます」

「原稿のことだそうですが」

「はい」

彼は厚い眼鏡越しに、恵子の抱えている風呂敷包みをじろりと見て、

「まあ、とにかくお話しを伺いましょう」

と粗末な応接間に通した。

若い編集長は、風呂敷包みから出た三つの短篇の原稿を手に取っていたが、

「なるほど、これは梶村さんの筆跡だ」

とつぶやいた。どこかで彼女の原稿を見たことがあるらしいのだ。

編集長の気持が動いたようだった。この三流雑誌はちゃんとした執筆家からは相手にされていない。だから梶村久子の原稿でも雑誌の格をあげるのに欲しいには違いなかった。

だから編集長も原稿をぱらぱらとめくって斜め読みをしているだけで、内容の面白さは問題ではなさそうだった。とにかく名前さえ載せればいいと思っているらしい。

だが編集長はその原稿が欲しいということは露骨には顔に出さなかった。あまり乗り気でないような顔つきで、

「いまのところ、ウチの雑誌は三月くらい先まで予定ができているんですがね」

そう気のない返事をした。

梶村久子の原稿をどうしてこの社に持ってきたかという疑問には、恵子は正直に答え

た。とにかく梶村久子の入院費が欲しい。この原稿も他社に持って行ったのでは稿料が遅れるので、こちらにお願いに来たのだといった。

編集長はいった。

「断っておきますが、うちは他社と違って非常に原稿料が安いですよ。いくら梶村さんのでも標準なみには出せませんから」

「いくらでも結構です。もし買っていただけるなら三つとも全部お願いしたいんですが」

「そんなには要りませんよ。まあ、一つか二つ頂戴《ちょうだい》しておきましょう」

編集長は内容よりも題名の面白そうなのを一つ択《えら》んだ。

「五十枚ですね」

と最後の番号を見て、

「どうですか、一枚千円では？」

梶村久子の原稿料はまず標準として、三千円から四千円の間であろう。それをたった千円とはおどろいた。しかし、この場合、そんなことは言っていられなかった。それに、内容からして大きなことを言えた義理ではない。

「結構ですわ」

彼女も観念した。

「そうですか」

編集長はもう一つの短篇を取上げ、

「相談があるんですがね、どうでしょう？　この分を一つオマケとして付けてくれませんか？」

と、にやにやしている。

原稿に、オマケの原稿をつけるというのも恵子は初耳だった。人間も弱い立場になると、ここまで追い込まれるのだ。これでは、まるで大道商人の商売だった。

恵子は憤りがこみ上ってきたが、ここで腹を立てると、せっかくまとまった話がぶちこわしになる。ほかに持って回ってもこの原稿が金にならないことは分りきっていた。

彼女の顔つきは、すでに、相手の条件を呑《の》んでいた。

恵子はその出版社を出た。

いまもらった原稿料が税引き四万五千円だった。

それも先方の要求通り、二篇を置いてきたのだ。恵子は情なかった。

しかし、たとえ四万五千円でもあの出版社のほかには買ってくれない。他社を持ち回っても無駄なのだ。新聞社に渡した原稿はその内容を恵子も読んでいる。ほかの原稿もあの程度だと思うと、二十万円近い金になったのは有がたい方かもしれない。

手もとにはまだ一篇残っていた。しかし、恵子はこれ以上売り込みの勇気が出なかった。

この金を早く、湯河原に持って行かなければならない。

しかし、その前に彼女を入院させる病院を探さねばならなかった。

恵子は神田駅のホームのベンチに腰を下した。何台も電車がきたがみんなそれを見送った。疲れて、起《た》ち上る気力もなかった。

ひどく虚《うつ》ろな気持だった。これほど世の中のきびしさと空虚感とを味わったことはない。つくづく想うのは、女がひとりで生活していく大へんさだった。生活力が強靭《きょうじん》だと思われていた梶村久子さえ、これだった。

このとき、発車寸前のドアからホームへ降りた男がいた。

その男は恵子を目ざして急いで歩いて来ていた。

恵子は、その男が眼の前に立つまで気がつかなかった。

「君」

男は彼女を呼んだ。

恵子はふと顔を上げた。

はっとなったのは、別れた夫の和夫が懐しげな眼で彼女を見下していたことだった。

恵子は咄嗟《とっさ》に声が出なかった。

急なことで、どう言っていいか分らなかった。彼女は和夫のくたびれた背広を見ていた。

そのネクタイに見覚えがあった。恵子が彼のためにいつぞや見立てて買ったものだった。結び目はよじれて細くなっていた。

「どうしたの？」

別れた夫は恵子にきいた。

「電車の中で君の姿を見たんだ。それであわてて下りてきたんだが……」

和夫は、そっと左右を見回した。

「君、誰かといっしょかい？」

この質問も和夫らしかった。別れた妻に新しい恋人がいるのを懸念し、それへ遠慮しているのだ。そんなところも気の弱い彼の性格をまる出しにしていた。

恵子ははじめて微笑んだ。

「ここにお掛けになったら？」

横の空いている席を見せて、自分の身体をわきに寄せた。

和夫はうれしそうにその横に坐《すわ》った。彼のその態度には、別れた妻と再会したなつかしさが素直に表現されていた。

「君、どうかしたの？」

彼は恵子にきいた。

「ずいぶん、しょんぼりしているじゃないか。何かあったのかい？」

和夫は、恵子の様子を気づかうように見ていた。

その顔つきも言葉の調子も、いっしょにいたころの和夫と少しも変っていなかった。

そこに和夫がいることで、恵子は二人の間にあった時間的な経過を全く感じなかった。

これは昨日の続きといってもおかしくなかった。

「どうもしないわ」

　恵子は答えた。

「ただ、ぼんやりとここに坐っていただけなの」

「ちょっと会わないうちに、君は痩《や》せたよ」

　和夫はまた恵子を見つめて言った。

「ぼくのところから出て、もっとおしゃれをしているかと思った」

「疲れているからかもしれないわ」

　恵子は答えた。

「いま雑誌の編集の真似ごとみたいなことをしているの」

「そんな話を聞いたな」

　和夫はうなずいた。

「誰から？」

「誰だったか忘れたが、君の友だちの関係からそんなことを聞いたことがある……だから、君はもっと潑剌《はつらつ》として働いているかと思った」

「どこに勤めても、いいことないわ」

　彼女は冗談のようにいってほほえんだ。

「お母さんどうしている？」

彼女は気を変えてきいた。

「相変らずだよ」

和夫は、てれた眼になった。

「やっぱり、あなたを大事にしているの？」

「うるさいくらいだ」

和夫はかすかに眉《まゆ》を寄せた。

「奥さんを早くもらいなさいと言われるでしょう？」

「そうでもないよ」

和夫はいったが、その表情からそんな話が母親から言い出されているに間違いなかった。

「早くおもらいになったらどう？　皮肉でなしに、本当にわたしもそう思うわ。あなたは、わたしのように性格の強い女は駄目ね。もう少しおとなしい人がいいわ」

「まだそこまでは考えていないね」

和夫はポケットを探って煙草を出した。

「いろいろとおふくろもむずかしいからね……君が知っている通りだ」

「そりゃ、わたしがいけなかったからだわ。もっと素直な奥さんだったら、お母さんの気に入るわ」

和夫は黙ってマッチを擦った。

「君」

と彼はふいと別なことを言った。

「これから、どこかに行くのかい？」

「社に帰らなきゃいけないの」

「雑誌社かい。そこはいつ退《ひ》けるのかね？」

「いって……」

考えてみると、恵子は小説界社に帰る必要はなかった。持っている稿料を早く湯河原の梶村久子に届けなければならなかった。その前に、病院を見つける義務がある。

「ほかにまわるから、遅くなりそうだわ」

「そうか」

和夫の表情が寂しそうだった。

6

ベンチの二人は、電車を何台となくやりすごした。

和夫は恵子の横から起とうとはしなかった。

「あなたは、お勤めのほうはちゃんと行っていらっしゃるの？」

恵子は自分と別れたあとの夫が、生活を崩して勤め先まで辞めているのではないかと思った。

もともと、夫はいまの会社にあまり熱意を持っていなかった。くだらない会社だといい、勤めが詰まらないといってよくこぼしていた。夫は雨が降ると休むといったり、寒いと仮病で欠勤届を妻に電話で言わせたりしていた。まるで子供のように出勤を嫌がる夫を、恵子は何度、なだめたりすかしたりしたかしれなかった。

そんな和夫だから、独りになった彼が勤めを辞めて、別な仕事に移っているかもしれないとも思っていたのだ。

「まあ、前のままだよ」

和夫はいった。

「仕方ないからね。やっぱり、同じ会社に出ているよ」

彼は、相変らず詰まらなそうに言った。

「結構だわ」

それは、決しておざなりな言葉ではなかった。僅《わず》かな間だったが、ひとりで世間に出ていろいろな男を眺めて、結局、和夫のような平凡な生活が好ましく見える。

「君は変ったな」

和夫は言った。

「ぼくといっしょにいるころからみると、確かに変った」

「自分ではそうは思わないわ」

「いや、君はもっと激しかったと思うよ。それが今見ると、なんとなく大人になった感じだな。そりゃ苦労しているようだけど」

「前からわたしは、あなたにはおとなだったわ」

「いや、そうじゃない。それとは別な意味で君は成長している」

和夫は、そのあと何か言いたそうだったが遠慮したようだった。しかし、その気持は恵子には分るのだ。和夫は、その後の恵子の生活を知りたがっているのである。

別れた夫婦でも、いや、別れただけに、互いに遠慮する部分が間にはさまっていた。

「あなたは、今日会社に行かないの？」

恵子は、自分の横にまだぐずぐずしている和夫に言った。

「今日はいいんだ」

彼はわざとらしく腕時計を眺めた。

「いまから帰ってもすぐ退社時間だからね。電話を掛けて連絡をとっておけば、別に行くこともないよ」

その言い方は、いっしょに暮しているときの夫そっくりだった。が、そんなことをいう彼の言葉の裏にも、もう少し恵子といっしょにいたい気持がうかがえた。

恵子は和夫に会った今、ふと病院探しぐらいは二人で行ってもいい気持になった。それは、別れた彼への同情であり、かつての夫婦生活への懐しさであった。

「わたし、病院を探しに行かなきゃならないの」

恵子は横に並んで腰かけている和夫に言った。

「病院だって？」

和夫はおどろいたようにきき返した。

「君、どこか身体が悪いのか？」

「わたしじゃないの。ある人を入院させたいの」

「なんだかよく分らないが、どういう事情だね？」

「わたしが一時出入りをしていた女流作家の高野秀子さんのお友だちに、梶村久子さんという同じ小説を書く人がいるの」

「ああ、なんだか名前を聞いたことがあるね」

和夫は、恵子といっしょになる前、彼女がそういう仕事をしていたことを知っている。

「その梶村さんが急に湯河原で倒れて、いま、困っていらっしゃるの。妙なめぐり合せからわたしが東京の病院に入れる世話をすることになったの」

「そりゃ、大へんだな」

和夫は恵子の用事の行先を打ち明けられてなんとなく安心した顔になった。

「なんだったら、ぼくも手伝っていいよ」

「そうね」

恵子は、また和夫とはここで別れなければという気持に変った。別れた夫といつまでもいっしょにいるのは不純な気がした。

しかし和夫の様子には、彼女ともっといっしょにいたい表情があった。彼女は彼の希望をむげに拒絶できなかった。和夫は、断られると、悄気《しょげ》て、どうにもやりきれない格好になる。そんな性質をよく知っているから、恵子はいまも彼を無理に振り切れなかった。

いっしょに暮していたころは、夫としてずいぶん頼りなく思っていたが、いまは、そんな性格が前ほどいやでなくなった。

竹倉、前川、大村などのアクの強い人間の中に置くと、和夫の人間的な差違がはっきり分った。

「入院させるって、費用はその梶村さんが出すのかね？」

和夫はまた恵子といっしょに行動できそうなので、急に元気になった。二人はホームから駅の階段を下りた。

「その用意もできているの。実は、ある事情で、費用はわたしが集めたんです」

「君が」

和夫は眼を瞠《みは》っていたが、

「えらいもんだな」

と感嘆した。その金額を聞いて、自分にはとてもそんな才覚はないと彼は言った。

二人は並んで駅の構内から出た。かつていっしょだったとき、よくそんなふうに連れだって外出したものだが、恵子はふと現在を忘れたくらい自然に彼と行動できた。恵子は自分のその気持におどろく。夫婦という感情がこれほど自然な馴《な》れ方でひそんでいるとは思わなかった。

和夫は病人の病状を聞いて、それなら公立の病院が一ばんいいと意見を言った。彼は珍しく積極的に公衆電話に入って電話帳を繰っていた。

恵子は和夫といっしょにN病院に行った。ここは公立で組織は全国的だった。場所は麻布《あざぶ》の中《なか》の橋《はし》にあった。ここをやっと捜し当てたのも、ほかの病院を電話で問合せた揚句だった。どこも、ベッドがないといって断わるのだ。

会ってくれた医者は、まだ若かった。

「ご本人を診察しないとなんともいえませんね」

なで肩に白い上っ張をきた若い医師は、恵子が梶村久子の容態を言ったあとに答えた。

「それでは、すぐこちらに移しまして診察していただくとして、入院のほうは大丈夫でしょうか？」

恵子は訊《き》いた。

「入院の必要があれば、もちろん、その手続きを取ります。しかし、ご承知のように、その患者さんがこられる前に、入院の必要のある急患が入ることがあります。そういうときは、やはり先着順ですから……」

医者は診察もしない患者に、入院の約束をするのを渋っていた。

それは医者の立場としては尤《もっと》もなことで、こちらとしては、ただ頼み込むほかなかった。

「では、いつごろ連れてきてくれますか？　なるべく早い方がいいですがね」

恵子はこれから湯河原に駆けつけるとして、こちらに運ぶのは明日中になるだろうと思った。

「きっと、明日、運んできますね？」

医者は念を押した。

「前にもそういう例がありましてね。こちらとしてはベッドを空けて待っていたんですが、とうとう肩すかしを食ったことがあります。そんな場合、ほかの急患に迷惑をかけることになりますから」

二人はN病院を出た。この辺は都心と違って、なんとなく下町のような感じだった。道の横に川が流れていた。日が昏《く》れかけて、家には灯が点《つ》いていた。

「君、これから本当に湯河原に行くのかい？」

和夫は彼女と並んで歩きながら訊いた。

「いまのお医者さんと約束したんですから、早くしないといけないと思うわ」

恵子は、和夫がまだ自分から離れたがらず、彼女の返事次第では、湯河原まで付いて来かねなかった。

「君、ひとりで大丈夫か？」

彼は心配そうに言った。

「平気よ。ただ車を傭《やと》って病人を運ぶだけでいいんですもの」

「大丈夫かな」

恵子は和夫のその心配が素直に胸にきた。その言葉にはなんの策略も計算もなかった。竹倉や前川や大村などのように警戒する必要はなかった。

彼女は久しぶりに安定した気持をとり返していた。

「今から湯河原に行くのでは遅くなるな」

「いっそのこと、明日の朝早く出直したらどうだね」

恵子もそれは先ほどから考えないではなかった。これからすぐに行くとしても、向こうに着くのが夜の八時か九時ごろになるだろう。

それに、梶村久子の状態次第では、一晩、そこに泊ることにもなりそうだった。今までは早く彼女を引き取りたいあまり、そのことを考える余裕がなかったが、見知らないあの旅館に女ひとりで泊ると思えば、気が重くなった。

ここまで何とかずらせてきたのだ。病人の引き取りは明日でもいいだろう、という気になった。

ただ、旅館には連絡を取っておきたかった。こちらから行くのを待っているに違いない。

恵子は、自分がこのような気持になるのも、和夫が自分の前に現われたせいだろうかと思った。

たしかに、気持の変化はあった。それまでは騎虎《きこ》の勢いというか、ただ梶村久子を引き取ることに夢中になっていたのだ。

和夫と遇《あ》ってふしぎと自分の狭い心が、ゆとりをひろげたといえる。

それは、女が男に頼ってゆく本能的なものだろうか。

和夫の性格も、その行動力の限界も十分に知っているのに、この気持のよりかかりは分らなかった。

近くにあった赤電話を廻《まわ》した。

すぐ先方が出た。

「あなたのほうに病気で寝てらっしゃる梶村久子さんのことですが……」

あとまで言わないうちに、

「はいはい」

と向うでは待っていたように返事をした。

「この前の、そのことで伺った者です。それで、ちょっとお話したいのですが、おかみさんはいらっしゃいますか？」

「少々お待ちください」

帳場の女の声は、すぐにおかみさんの渋い声と替った。

「おかみさんですか？」

「そうです」

恵子は、肥《ふと》った四十女の、商売にさとい顔を眼に泛《うか》べた。

「いろいろご迷惑をかけています。すぐに病人を迎えに行くつもりでしたが、いろいろと事情があって思わず隙《ひま》取りました」

「…………」

「それで、やっと目鼻がつきましたので、今夜、そちらにお伺いしようと思いましたけど、もう時間的にも遅くなりましたので、明日の朝早くこちらを発《た》ちたいと思います」

「…………」

「もしもし、聞えますか？」

「はいはい」

と向うは返事をした。

「それで、病人の容態はどうなんでしょう？」

「あのご病人は、もう、うちにはいらっしゃいませんよ」

「え？」

恵子は、口の中で思わず小さく叫んだ。

恵子は湯河原の朝日館の返事で、しばらく声が出なかった。

梶村久子がすでに誰かに引き取られている。——

「……もしもし、それはいつでしょうか？」

彼女は急いできいた。

「もう、とっくです」

おかみさんの返事は短かい。

「あの、どんな人が引き取りに来たのでしょうか？」

「どんな人って、病人の縁故の人です」

「男の方ですか？」

「どんな人だか、わたしが出たのではないから分りませんがね」

「名前はなんという人でしょう？」

「さあ」

さっぱり要領を得なかった。

「もしもし、病人が引き取られた先はどこでしょうか？　どこの病院に入れると言っていたでしょうか？」

「さあ、そんなことまでは分りませんね……」

おかみさんの返事の冷たいのに恵子は気づいた。

答えがはっきりしないのも、その冷淡な言い方に関係がありそうだった。つまり、相手は意識して教えないのである。

「もしもし、わたしは梶村さんの病気をとても心配しているんです。そのために、病人を引き取りに行くつもりでいたのです。金もつくりました。ですから、どんな人が梶村さんを引き取ったか、それを聞かせて下さい」

「さあ」

おかみの重量のある声は、相変らずとぼけていた。

「そんなことに、わたしが一々出るわけはないので、なんともいえませんね」

「では、係りの女中さんはいませんか？」

「いま、いませんよ」

「外にでも出られたのですか？」

「うちは忙しいですから、そう一々電話に呼びつけられては困ります」

恵子はあきれた。

この前彼女が旅館に行ったとき、あれほど病人を早く引き取ってくれと頼み、東京に帰るときも早急に迎えにくるようにと言っていたおかみだ。それが一旦《いったん》病人がいなくなると、剣もほろろの挨拶《あいさつ》だ。

「もしもし」

恵子は呼びつづけた。

「わたしは、ぜひ、その人の名前を知りたいのです。責任があるのです」

責任はむろん梶村久子を入院させる目的で無理して原稿料をもらったことだ。殊に、新聞社の西山には言訳もできない。

「こちらは、いろいろ都合があるんです。あなたのほうも病人を引き渡した以上、その人の名前ぐらいは聞いていらっしゃるでしょう？」

恵子も強硬になった。そうならざるを得なかった。

「知りませんね。わたしのほうは病人さえ伴《つ》れて帰ってもらえば、それでいいですから、別に、その人の名前を伺うこともありません」

「もしもし」

恵子はなおもねばった。

恵子は電話を呼びつづけたが、

「忙しいから、これで切りますよ」

と、おかみの渋い声につづいて、ガチャンと切れた。

恵子は、そのまま電話の前からしばらく離れられなかった。

相手の非常識に腹が立った。いっそ、この足で湯河原に駆けつけてみようかと思ったくらいだ。

だが、電話でさえあの通りの調子だから、たとえあの朝日館の玄関の前に立ったところで相手にされないのはきまっている。

恵子は電話から離れた。その瞬間に、これは梶村久子を引き取った誰かが旅館に言いつけて、そんなふうに言わせたのだと気づいた。

病人を引き取った相手の名前を旅館側が知らぬはずはない。また、男か女かときいても返事がなかった。しかし、男以外には考えられない。男だと答えれば、こちらが年齢や人相をきくものだから、旅館側は初めからそれを回避したのだ。

心配なのは、梶村久子がどのような状態で引き取られたかだ。どうせ、東京の病院に入れられたに違いないが、その間の変化はなかっただろうか。

いつ引き取られたかということも、向うでははっきり答えないのだ。

しかし、おそらく、恵子が湯河原から戻って、それを竹倉や前川に報告したあとであろう。従って、彼女が原稿の売歩きに苦労している間、病人引き取りの工作が行なわれたものとみえる。

それをしたのは前川か竹倉の線であろう。大村は考えられない。第一、彼には金の才覚がつかないからだ。

では、これまで放って置いた前川が、今になって何をあわてて梶村久子を引取ったのか。

恵子が熱心に動いたと知って、ボロが出るのをおそれて自分たちで処置したのだろうか。

恵子が歩いている先に和夫がぼんやりと立っていた。

「どうだった？」

和夫がきいた。

「湯河原には行かなくて済んだわ」

彼女は抑えた声で言った。

「ほう。じゃ、病人の様子はいいんだね。明日行っても間に合うのだね？」

和夫は、恵子の言った言葉をその通りにのみこんでいる。

「明日も行く必要はないわ。だって病人は誰かに引き取られてるんですもの」

「引き取られた？」

和夫は恵子を見たが、それほどおどろいてもいなかった。もとより、彼自身には縁のうすい問題だった。

しかし、恵子はまだ胸が納まらない。殊に懐ろの中には、そのために作った十八万円の現金がある。この金の持って行きようがなかった。

梶村久子の入院した先が分れば、そこに届けたいのだが、今のところ、それも不明だった。

もともと、この金は梶村久子の原稿を売ったのだが、これにしても恵子が独断でやったことだ。それだけに、ぜひ彼女の病気に使ってもらいたいのだ。

恵子がひとりで深刻に考えている顔を、和夫はふしぎそうに見ていた。

十一章　金

1

恵子は、和夫と一しょにバスの停留所のほうに歩いた。

「君、お茶でものまないか」

和夫は遠慮そうに言った。

「もういいわ。……あなたも遅くなるから、早くお帰んなさいよ」

恵子は、和夫といつまでもいっしょにいてはいけないと思った。別れた夫婦が長い時間を過ごすのは、自分の気持がゆるさなかった。

和夫は、何となくぐずぐずしていたが、

「ねえ、恵子」

と、急に頼みこむような口調になった。

「実は、いま、困ったことができてる」

「何なの」

「こんなことを君に言う筋合いではないのだが……」

そこまで言って、和夫はためらっている。実際、困った顔つきだった。

「どういうことですか？」

和夫を促すと、

「実は……三か月ぐらい前から金が足りなくてね。つい、ひとから五万円ほど借りたが、それに利息が付いて、今月の末までに七万円近く返さなくてはならない。……悪いけれど、君が梶村さんの入院費を持ってるのだったら、その中から少し都合してもらえないだろうか。利息ぶんだけでもいいんだが……」

「………」

恵子は、和夫の収入がいくらかは分っている。彼がひとから借金をしなければならなかったのも、母親の浪費癖からだと思った。恵子が所帯を切り盛りしていたころは、できるだけ切り詰めていたが、母親は前から金のほうには締りのないひとだった。映画を見たり、店屋物《てんや》を取ったりするのが好きだった。世間の寡婦《やもめ》によくあるタイプであった。

恵子が去ってから、この母親の所帯になったので、生来の浪費癖がそこまで苦しくさせたのであろう。あの母親は金が足りなくても平気で浪費をつづけて、あとの補塡《ほてん》は息子が何とかすると思っている。そういう点では、母親は無類の楽天家だった。

「困るわ」

恵子は言った。

「この金はわたしのじゃないわ。梶村先生の原稿料だから、わたしの自由にはならないわ」

「それはよく分ってるが」

和夫は自分でも当惑した表情で言った。

「君が金を持っているのを見て、こんなことを言うのは悪いが、いま、どうにもならないことになっている。一か月でいいんだ。あと一か月すれば、よそから借りて返せるアテがあるんだ。ところが、借りた先の催促がきびしくてね。毎日言訳をしてずらせているが、ほんとに弱っている。一か月だけ貸してくれると、ぼくはほんとに助かる」

気の弱い和夫が母親の浪費の後始末をしたり、借りた先から催促をうけて困りきっているのが眼に見えるようだった。

恵子は、和夫の言葉にほだされて、いま持っている金の中から五万円くらいなら融通してもいいと思ったが、いやいや、これは一銭でもそんなことをしてはいけない、自分の金ではないのだ、と心に言い聞かせた。

「そんなことを言っても無理だわ」

恵子は答えた。しかし、その心は弱くなっていた。

翌《あく》る朝、恵子は小説界社に行った。

この社も、週刊誌を出すのかやめるのか、さっぱり要領を得ない。週刊誌の編集用員として移ってきた者も、その半分が見切りをつけて辞めて行った。しかし、それは若い人で、すでに年配の者はほかに行くところもなく、落着かぬ気持で残っていた。雑誌の編集者ほど年齢《とし》をとって惨めなものはないのだ。センスが遅れてくるし、気軽に外回りもできなくなる。他社に移って使いものになるのは若い者に限られていた。

恵子が社に来たのは、梶村久子を湯河原から引き取ったのは竹倉だと考えたから、その後の様子を聞きたかったのだ。

竹倉はいなくて、前川一徳が大きな身体を持てあましたように机の前に坐《すわ》っていた。

「お早うございます」

恵子が挨拶《あいさつ》すると、前川は読んでいたほかの雑誌を脇に寄せた。

「やあ」

前川には別だん変った表情もない。尤《もっと》も梶村久子を引き取ったとしても、それは、表向きにはいえない事情があるから、彼から切り出すはずはなかった。

「わたし、梶村先生のことで、昨夜、湯河原の旅館に電話しました」

彼女がいうと、

「うむ」

と前川は苦い顔をした。その話なら、もう沢山だといった表情だった。

「先生の入院の手はずも決めて、お金も都合しました」

「ほう」

前川は恵子が金を都合したというので、それだけは興味を持ったようだった。

「それで準備ができたので旅館に電話したところ、先生はもうとっくに、あの旅館から出られたそうです」

「へええ」

前川は初めて聞いたような顔をしている。

「よく出られたね。誰が世話したんだろう？」

恵子は、前川がとぼけてそんなことをいっていると思った。

「分りませんわ。宿の人に聞いたけれど、電話では何か言いたくないような返事でしたわ」

「引き取った人間が分らないのかね？」

「全然、教えてくれません」

「ふむ」

前川は眼を天井に向けて、煙草の烟《けむり》を吐きながら考えたふりをしている。

恵子は前川が体裁が悪いものだから、そんなとぼけ方をしているのかと思った。

費用は竹倉から出ているはずだ。

恵子が金の工面して彼女を引き取りに行きそうなので、彼らはあわてて梶村を引き取ったのだろう。

ただ、恵子としては原稿料だけは早く梶村に届けたかった。尤も、その中から五万円だけは和夫に渡してしまった。

彼の頼みについ負けてしまったのだ。

「世の中には、奇特な人がいるものだね。あんな人でも病気が癒《なお》ったらまた書かせるつもりなのかな」

前川一徳はうそぶいていた。

恵子は、前川に会ったが、結局、とぼけられてしまって梶村久子引き取りの真相がつかめなかった。

恵子は、そこにいても仕事らしい仕事はないので、早く出た。新しい週刊誌も、どこまで竹倉が本気になっているか分らなかった。前川にそれとなくきくと、いま新企画を練っている最中だという。だが、彼の言うことがアテにならないのは、これまでの経験で分っている。

それにしても、編集長の名前だけ残されている山根はどうなるのか。

彼の姿はあれから社に現われていないようだ。奥さんの病気のこともあるが、山根自身もすでに自分の前途が分って嫌気が差しているに違いない。

小さな出版社となれば、こんなことだろう。もっとも、資本が少ないから、週刊誌を出しても、万一、損になると屋台骨が傾くぐらいな赤字は予想される。そんなことで、竹倉も今となっては尻込《しりご》みしているのかもしれない。

恵子が水道橋のホームに降りると、向うのほうにぼんやりと立っている男の姿が眼に入った。

たった今、山根のことを考えていて、当人に遇《あ》ったのだから、恵子も思わず彼のほうへ近づいた。山根は、疲れ果てた顔をして無精髭《ぶしょうひげ》を伸ばしている。

「山根さん」

声をかけると、はじめて気づいたようにこちらを向いたが、恵子を見て微《かす》かにその顔が輝いた。

「どうなすったんですか？」

山根のワイシャツの襟は捻《ねじ》れているし、ネクタイは古いものだった。恵子は、妻に病気をされている男のやりきれない姿を見る思いだった。

「その後、お伺いもしないいんですが、奥さまのご病気はいかがですか？」

恵子は見舞いを言った。

「いや、それがあまりよくないんです」

山根は憂鬱《ゆううつ》な眼になった。

「まあ、それはいけませんね。あれから大分経ちますので、もうよくなられたと思ってましたわ」

「妻がわが儘《まま》なんです」

山根は言った。

「ひとりでいらいらして医者をてこずらせているんです。そうだ、あなたも一度来てもらって、大体、妻の性格は想像されたでしょうが、ぼくも困っているんです」

その愚痴は、ただ病妻の容体だけではなく、どうやら、経済的なことも含まれているようだった。

「思いのほか病院のほうも長引いたものだから」

果して山根は言った。

「費用のほうも嵩《かさ》んできて、そのほうの工面もしなければならず、参りました。妻は、ぼくがそんな苦労をしていることなんか全然考えてもくれないんです……」

「そりゃ仕方がありませんわ、ご病気なんですもの」

恵子は、そう答えるより仕方がなかった。

「実は、今も社に行って前川さんに会ってきたんですがね……」

山根の言い方では、彼は恵子よりも前に社へ来ていたことになるが、前川はそれを一言も言わなかった。

山根が社に寄ったのは、金を借りに来たに違いない。しかし、それが都合よくいかなかったのは、彼の今の顔色でも分るし、前川が恵子に山根が来たことを言わなかったことでも想像がつく。

前川は、山根の前借の申込みを一蹴《いっしゅう》したのだ。

山根はしょんぼりとしている。

このホームにたたずんでいるのも、金の都合ができず困りきっているからだろう。病院の支払いができなくては、病妻を置いていても気が気でないに違いなかった。

山根の善良さは恵子もよく分っている。海千山千の編集者の中では珍しいと思っている。

山根が自分に好意を寄せていることも恵子は知っていた。できることなら、彼の急場を救ってやりたい。

彼の病妻は恵子の気にそまない。が、その妻を大事にして苦労している彼が気の毒でもあった。小説界社から金が出ないとなると、ほかには当てがないわけである。

山根は途方に昏《く》れた顔をしていたが、それでも、ここで思いがけなく恵子に会ったのを彼は悦《よろこ》んでいるようだった。暗い気持のなかでそれが彼のわずかな慰めのようだった。

「失礼ですが」

恵子は彼にきかずにはいられなかった。

「病院のほうのお支払いは相当な金額ですか？」

「十万円あれば助かるんです」

山根は悄然《しょうぜん》と答えた。

「それだけあれば、なんとか都合がつきそうなんです。何しろ、一ばん悪い部屋に入れているんですから。それに、できるだけ雑費を切りつめて倹約しているんです」

恵子は和夫に五万円渡したから、残りが十三万円になっている。むろん、自分の金ではない。梶村久子に返さなければならぬ金だった。

こうなると、和夫に五万円出したのが悔まれた。これは母親の浪費の跡始末だ。それなら、病妻の入院費に困っている山根のほうが価値の比重として大きいのではなかろうか。

恵子は黙って彼と別れられなくなった。

梶村久子は竹倉に引き取られたと思っている。竹倉は、前に湯河原の旅館に十万円置いて帰っているくらいだから、久子を引き取っても、金は相当に出しているに違いない。

つまり、梶村久子は当分、費用の点では困らないはずだった。

それに、竹倉や前川の仕打にも義憤を覚えた。使える間は調子のいいことをいって利用するが、用がすむとどんなに困ろうと一銭の金も出さないのだ。

それは、出版社の冷酷さというよりも、中小企業の冷淡さである。

恵子は決心をした。自分の金ではないが、この金を一時融通することで、山根の急場が救われたら、と思った。

「山根さん、わたし、少しばかりでよかったら、お金を融通しますわ」

「えっ」

山根の眼は、びっくりしたように大きく開いた。

山根は恵子の言葉に眼をむいて棒立ちになっている。

「ここに十万円ありますの」

恵子は小さな声でいった。

「わたしのお金ではありませんが、少しぐらいの間ならなんとか融通がつくんです。山根さんのお困りになっているのを見たら、失礼ですが、このままでは帰れなくなりました……待って下さい」

後ろ向きになってハンドバッグを開けると、封筒のなかから一万円札を十枚取り出して、手早く山根の手に握らせた。山根はその金を一度は押し返そうとしたが、弱々しい拒絶だった。

「すみません」

山根は恵子に頭を深く垂れた。

「本当にすみません」

彼はつづけざまに礼を言った。声がうるんでいた。

「こういう際ですから、お言葉に甘えて拝借します……助かりました」

山根は、ほっとしたように大きな呼吸をついた。その安堵《あんど》が全身に現われていた。

「……あなたには、思いがけないご迷惑をかけました。金は近いうちに必ずお返しします……もう、あなたも気付いているだろうが、ぼくは小説界社を辞めるつもりです」

山根もその覚悟をしている。

「いや、クビになったといったほうがいい」

山根は寂しい微笑を浮べた。

「さっき、金のことを頼みに行ったら、前川氏がそんな意味のことを言うんです。週刊誌のほうも急に活動するというわけではないので、ほかにいい口があったら、そちらに行っても構わない、別に、行動を拘束しないというんです。つまり、お前にはもう用はないというわけです」

「…………」

「ぼくも、あの社になんの未練もないし、ほかにいい働き口でもあったら、もっと早く辞めるつもりでした。折悪しく女房が病気になって、そっちのほうの運動もできないままにきたのです。かえって、前川氏の言葉でふんぎりがつきましたよ。きょうから友人の間を駆けずり回って、なんとか職を捜します」

「そのほうがいいかもしれませんわ」

恵子は慰めた。

「ほかのお仕事があったら、そちらのほうがずっと山根さんのためですわ」

「ぼくもそう思います。このままでは、ぼくも腐ってしまうばかりです……それで、これから小説界社に引返して、早速、辞表を出すつもりですが、むろん、いくらか退職金をくれるでしょう。なにしろ、前の出版社から引っ張ったのは竹倉社長ですからね。いくらくれるか分りませんが、どうせ、涙金ぐらいに違いないと思う。しかし、あなたには借金したお金を一ぱんにお返しします。ああいう社ですから、いま言って、すぐに金を出すとは思えないから、三、四日、待って下さい」

2

恵子はアパートに戻った。今日も疲れていた。身体よりも神経が参っていた。

昨夜は別れた夫に会って五万円を渡した。今日は山根に会って十万円を貸した。手もとには三万円しか残っていなかった。

和夫に会って事情を聞けば、知らぬ顔もできなかったし、山根に会えば、同情して金を出さずにはいられなかった。

貸した金は、もとより自分のものではない。だから、使い込みをしたような、悪事を働いた心持だった。気分がすっきりしない。

たとえ、動機はどうあろうとも、他人の金を断わりもなく流用したのである。梶村久子が竹倉に引き取られて当分は金には困らないだろうと思っているのは、こちらの想像だった。もし、この推察が間違っていたらどうなるだろう。梶村久子は、恵子が代えた原稿料を咽喉《のど》から手が出るほど欲しい状態ではあるまいか。——そう思うと、恵子は落着いていられなかった。久子の原稿を売ったのも恵子の独断だったし、その金を融通したのも彼女の勝手な行為だった。

和夫も山根も、借りた金をすぐ返すといっていた。しかし、不安はある。両人とも金に困っている。果して、その言葉通りにすぐに返してくれるかどうか分らなかった。もしそれが出来なかったら、どういうことになるか。恵子には十万円を弁償する当てはなかった。

だが、これは最悪の場合だった。梶村久子はまだそんなに金は急がないのかもしれないし、和夫も山根も約束通り金を返してくれるかも分らないのだ。

恵子は無理に自分の不安を消そうとした。――その晩であった。

階下から管理人のおばさんが上ってきた。

「井沢さん、あんたに電報がきていますよ」

恵子はノックされてドアを開けた。

おばさんが電報を持って廊下に立っていた。

「どうも」

「ここの番地が違っていて、だいぶんあちこち持ち回って遅くなったと電報屋さんはいっていましたよ」

電報には付箋《ふせん》がついていた。以前のアパートから回送されている。

恵子にはいまどき、電報を寄越《よこ》す心当りはなかった。

「コダイラシノアイコウエンニスグ　コイ　カジ　ムラヒサコ」

恵子はその片仮名を茫然《ぼうぜん》として見ていた。

小平《こだいら》市のアイコウエン……愛光園とでも書くのだろうか。

愛光園とは何か。そんなところに梶村久子は入っているのか。

今までは、同じ都内でも、中央あたりのどこかの病院に収容されていると思っていたのに、思いがけないところに彼女は居たものだ。

それにしても、なぜ梶村久子は恵子を呼びつけるのか。

湯河原の旅館では、梶村久子は昏睡《こんすい》状態で、彼女の来たことを知っていなかったのだ。

翌《あく》る朝、恵子は、吉祥寺《きちじょうじ》駅前からバスに乗って西武《せいぶ》線の武蔵関《むさしせき》駅で降りた。

小平は、そこから西へ五つ目だった。次に来た電車に乗ると、あたりの風景は次第に郊外らしくなってくる。

このような郊外に大きな病院があるのも少し妙な気がした。

もっと都内の中央にある病院に入れてよさそうだった。もし、竹倉の計らいだとすると、彼はわざと人目につかない場所を択《えら》んで彼女を入院させたのであろうか。

小平駅で降りた。駅前はかなり賑《にぎ》やかな商店街で、花を売っている店が目につく。それに墓石をつくる石屋が多かった。すぐ横に都の霊園があるからだ。

恵子は、病人のことを思い合せて、なんとなく不吉な感じがした。

「愛光園なら、ここで降りるよりも、駅から出ている多摩湖《たまこ》線に乗って青梅街道《おうめかいどう》という駅で降りられたほうが便利です」

「その愛光園というのは、どういう病院でしょうか？」

恵子がきくと、対手《あいて》の花屋の主人は、

「ご存じないんですか。愛光園というのは福祉施設の療養院ですよ」

と答えた。

恵子は、いきなり正面から殴られたような気になった。

福祉療養院。

まさか、そんな所に梶村久子が入れられているとは思わなかった。誰が彼女をそこに連れてきて入院させたのか。竹倉だろうか。

もし、竹倉だとしたら、これほど酷《ひど》い仕打ちはない。

恵子は、小平駅から電車に乗って、教えられた「青梅街道」駅に着くまで暗鬱《あんうつ》な気持に閉ざされていた。

「青梅街道」の駅の辺りには、まだ武蔵野《むさしの》の雑木林が残っている。

このような所に建っている病院は、まるで世捨て人を収容したようなところに違いない。目的の建物を見る前に、恵子は梶村久子のことを考えて涙が出そうになった。

やっと愛光園の建物が見えてきた。

正面は、一応、病院らしくモルタールの二階建となっているが、それもところどころ剝《は》げて生地の羽目板が露《あら》われていた。しかも風雨に曝《さら》されたといった様子だ。

恵子は、暗い玄関の内に入った。

形ばかりの受付があった。

恵子がのぞくと、若い女事務員が面倒くさそうに顔を出した。

「こちらに梶村久子という方が入院していますか？」

「ええ、いますよ」

「面会したいんですが」

「そこに面会票があるでしょう。それに書いて下さい」

女事務員はそう言い捨てると奥のほうに引込み、若い医師らしい男と何かふざけ合っていた。恵子に見せたときの仏頂面が顔一ぱいの笑いになっていた。

恵子は受付窓の横にある四角な函《はこ》をのぞいた。田舎の郵便局に備えつけられているような函の中にはざら紙の面会票があった。

恵子は備えつけの短かい鉛筆で自分の住所姓名を書いて窓口に出した。

しかし、受付の女事務員は見てもそれと気付かないように、しばらく来ようともしなかった。医師に白衣の看護婦が加わって三人で何やら面白そうに話している。

恵子は辺りを見回した。

待合室には粗末な木製の長椅子が並んでいるだけだった。天井は低く、窓は狭い。光線が乏しいので、うす暗い内部だった。入って来ただけで、陰惨な気分になる。

その待合室の長椅子には、粗末な身なりの人がしょんぼりと四、五人坐《すわ》っていた。

女事務員は来てくれる様子はなかった。恵子はたまりかねて、

「お願いします」

と少し大きな声で呼んだ。

女事務員はじろりと彼女を見たが、それですぐ来るのではなく、まだしゃべり合っていた。恵子はそれだけで、この療養院の雰囲気が分るような気がした。患者に対して、どの程度親切にしているか想像がつく。

ようやく、その女事務員が戻ったが、また元の無愛想な顔に返っていた。

「これでいいのでしょうか？」

恵子のさし出す面会票を女事務員はまるで役人のような顔で見ていたが、

「いいでしょう」

と横柄に言った。

「あの恐れ入りますが、病室はどこでしょうか？」

「四十三号室です」

「どう行ったらいいんでしょう？」

「廊下を突き当って、右を真直ぐにお出になれば分ります」

事務的な教え方だった。

「それから、もう一つ、伺いたいんですけれど……」

恵子は遠慮してきいた。

「この患者がこちらに入ったのは、どういう事情ですか？」

「事情といいますと？」

「いいえ、どういう人が本人をこちらに運んできたかです。そういう手続きを誰がしたのか知りたいのですが」

「そんなことは、ここでは分りませんね」

女事務員はニベもなく答えた。

「では、どこで聞いたらいいでしょうか？」

恵子は、その無愛想な女にきいた。

「いま係りがいませんから、分りませんよ」

それは、この事務室でちょっと帳簿を見てくれたら分りそうなことだった。恵子はここにもこの療養院の不誠実を見た。

しかし、梶村久子に会ってきけば分ることだ。彼女は自分まで卑屈になって窓口の女に礼を述べ、教えられた廊下を歩いた。

廊下の板がきしった。壁も雨漏りの跡が筋になっていて、隅が剝げ落ちている。いまどき、どんな田舎に行っても、これほどの建物はなさそうなくらいだった。

病棟の入口にきた。

恵子は廊下から病室の番号を見て行ったが、教えられた番号よりずっと若かった。

廊下からガラス越しに見える内部は、寒々とした病室であった。ほとんど家族の附添いはなかった。

患者は粗末な寝台の上に寝たり起きたりしていたが、八畳ぐらいの一間に、ベッドが三つくらい詰っている。みんな鈍い眼をして恵子のほうを見ていた。

突当りで曲ったが、外は新緑の溢《あふ》れるばかりの木立だった。陰惨な病室を見た眼には蘇生《そせい》の思いのする風景であった。

恵子は、梶村久子がこのような病室に寝かされているかと思うと、足がすくみそうだった。

これ以上哀れな梶村久子の姿を見たくなかった。

彼女はまた歩いた。

病室にかかっている標札が、四十号、四十一号と次第に近くなってくる。四十三号室はもうすぐだった。

恵子はあの電報を寄越《よこ》したくらいだから、梶村久子は意識を取りもどしていると想像した。病状も快方に向ったのかもしれない。そんな彼女とこのような場所で顔を合せるのは辛《つら》かった。一ころの彼女は、ともかく女流人気作家だったのだ。

彼女がこういう療養院に収容されていることも、おそらく雑誌関係の人は知らないに違いなかった。

廊下を歩く姿を病室の中から患者がのぞくのも、見舞人がどのように少ないかが分る。患者たちは面会人に飢えているのだ。

四十三号室の標札が眼に入った。

恵子は、小学校の教室のようなガラス窓枠から内をのぞいた。

ここにもベッドが三つならんでいた。手前の毛布の端から白髪頭が見えていた。

真ん中で首をもたげているのは、見知らない中年女だった。

すると、一ばん窓際に毛布をひっかぶっている姿が梶村久子のはずだ。

恵子は、そっとドアのノブを廻《まわ》した。

ドアを開けて一歩病室の内に足を入れたとき、異様な臭気が鼻をうった。薬の臭いと、病人の体臭との妙に混合した異様なものだった。狭い部屋に寝ている三人の患者の吐き出した息が空気を濁していた。

恵子は二つのベッドを避けて窓際の寝台に近付いた。

毛布をかぶっているので、それが正確に梶村久子とは分らなかった。毛布の端に脂気のない女の髪がのぞいていた。赤茶けた色だった。

毛布は人間の横たわった形でふくれている。枕もとには一物もなかった。簡単な木製の手函が置いてあったが、うすい埃《ほこり》が溜《たま》っているだけで、見舞品一つなかった。福祉療養院となると、見舞客すら少ないらしい。

恵子は言葉をかける前から寒々とした心になった。

「先生」

彼女はベッドに呼んだ。

「梶村先生…」

毛布が動いた。それもひどく緩慢な動き方だった。足のほうがもそもそと揺れている。

隣の患者が眼を光らせて、こちらの様子を見ていた。

「先生」

恵子はもう一度呼んだ。頭が動いた。

毛布の端に指が出て、次に顔が出た。

恵子は一歩思わず退《さが》った。

これが梶村久子だろうか。あれだけ肥えていた久子の顔が半分くらいに小さくなっている。皮膚は青白いかわりに、どす黒く、眼のふちも痣《あざ》のように黒ずんでいた。鼻梁《びりよう》の肉が落ちて、妙に尖《とが》っていた。唇は白っぽく乾いている。

その眼が開けられたが、急には定まらない瞳《ひとみ》だった。見舞客の顔を見定めるように慄《ふる》えるように動いている。鈍い光だった。

やっと恵子と認めたのか、病人は口を動かしたが、ああ、とか、うう、とかいうだけで、言葉にならなかった。

恵子はその顔の上に近づいて、大きな声を出した。

「先生、わたくしが分りますか。恵子です」

梶村久子がゆっくりと首を動かした。よく見ると、眼の片ほうが潰《つぶ》れたように小さくなっている。それでも嬉《うれ》しそうな表情がかすかに出ていた。

「先生、大へんでしたわね……もう、よろしいんですか？」

梶村久子は思ったほど病状がよくなかった。湯河原の旅館で大鼾《おおいびき》をかいて横たわっていたときから見ると、とにかく意識も回復しているし、耳も聞えるらしい。だが、彼女には言語障害が起っていた。

「大へんな目にお遭いになりましたね」

恵子がもう一度言った。梶村久子は口を魚のように開けたが、やはり、ああ、とか、うう、とかいうだけで言葉になっていなかった。

恵子は、可哀想になって、涙が出た。

3

病室の壁は雨漏りと埃とで見る影もなく汚れていた。この部屋もはじめは個室だったに違いないが、患者が増えて三人を詰め込んだのである。とにかく、足の踏み場もないくらいの狭さだった。

恵子は梶村久子の手を毛布のなかから出してなでた。

梶村久子はやみおとろえた顔に、喜びの色を浮べていた。片方の眼から泪《なみだ》が流れている。

恵子は、彼女から恩恵を受けた覚えはなかった。むしろ、大村のことで嫌な思いをさせられている。そのことは、梶村久子自身にも分っているであろう。よけいに恵子の親切が身にしみているらしい。

「梶村先生、先生をここに入れたのは誰ですか?」

彼女は久子の顔をのぞいて訊《き》いた。

ひどいやり方だった。竹倉か大村かは分らないが、あの湯河原の旅館から引き取ったというから、さぞ適当な病院に入れたに違いないと思っていたが、このような病院にほうりこむとは、あまりに残酷だった。

まだ病院の規則は読んでいないが、どのような口実で入れたのだろうか、福祉療養院というから、治療費も入院費も要らないのかもしれぬ。

しかし、患者が病院からどのような扱いを受けているのか、見ただけでも想像がつくのだ。

恵子は久子を引き取った人物の名前を知りたかった。

「あ、あ、あ」

梶村久子は口を動かすが、言葉にならない。しかし、恵子の質問は聞えているのだから一生懸命に説明しようとする素振りは分る。

「誰ですか？」

恵子は久子の口もとに耳を寄せた。

久子はまだ口を動かしている。自分では話をしているつもりなのだろう。

恵子は質問の方法を改めた。

「それでは、いま名前をいいますから、その人だったら、うなずいて下さい。違っていたら、顔を横に振って下さい」

久子も、そうだ、そのほうがいい、というように、満足そうにうなずいた。

「ではききます。先生をここに引き取ったのは前川さんですか？」

久子の顔は、そうだとも、違うともいわないで、まじまじと恵子の顔を見つめている。

「では、竹倉さんですね？」

今度は、久子もはっきりとうなずいた。

やっぱり、そうだったのか。

前川の名前を出したとき、久子が否定も肯定もしなかったのは、前川は竹倉の使いだと分っているから、どちらとも、答えようがなかったのであろう。

「やっぱり竹倉さんですか？　では、前川さんが湯河原まで車で行って旅館にかけ合い、先生をこの病院に運んだんですね？」

久子は再び顎《あご》を毛布の上に深くひいた。

梶村久子をこの病院に入れたのは、やはり竹倉だった。前川一徳は、竹倉の命令を受けて奥湯河原に迎えに行き、ここまで運んだのである。

久子のうなずいたことで、それがはっきりと分った。竹倉は、恵子が金を作って引き取りに行くと言ったので、あわてて先手を打ったのであろう。しかし、入院させた先がこのような場所とは想像もつかなかった。これではまるで彼女をボロのように棄てたようなものではないか。

恵子は、まだ久子にいろいろなことを聞きたかった。しかし、肝心の彼女の舌が回らないので、十分に聞き取ることはできない。

恵子に電報を打ったのは久子の意志だろうか。それとも誰かが取り計らったのだろうか。そんなこともきいてみたかった。

すると、隣のベッドに寝ている中年の女が、先ほどから眼を光らせてこちらの様子を見ていたが、毛布から首をもたげて、

「もしもし」

と恵子に声をかけた。

「その患者さんは重態ですからね、あまりものを言っては困りますよ。お医者さんがそう言ったんです」

とげとげしい声だった。

思うに、その患者は、見舞客が隣のベッドに来たので、少々嫉妬《しっと》を起こしたのかもしれない。が、それはともかくとして、医者から話を止められているのでは、恵子もそこを離れるよりほかはなかった。

実際、久子の容体が悪いことは分る。

「梶村先生」

恵子は、子供に言うように言った。

「また来ますから……お大事にね」

梶村久子は、別れたくないような顔をした。片方の眼から泪が頰を伝わっている。す

っかり気が弱くなっているのだ。

元気なときの彼女の向う意気の強いのを知っている恵子は、哀れになってきた。

恵子は病室を出た。二人の患者は、冷たい眼で彼女を見送った。

恵子は、長い廊下を歩いて元の玄関前に戻った。受付の窓口をのぞいたが、女事務員の姿がなかった。

だが、その向こうに白衣をきた看護婦がいた。恵子は、そこから呼んだ。看護婦は仕方なさそうに近づいてきた。

「梶村久子さんという患者の容体を詳しく知りたいのですが、先生にお目にかかるにはどうしたらいいでしょうか?」

「さあ」

看護婦は、気の乗らない顔つきで入院患者の一覧表など見ていたが、

「梶村さんという人の係は大岡先生です。診察室におられるかも分りません」

恵子は、診察室の位置を聞いて歩いた。

診察室は、待合室の横から曲がっている廊下のすぐ左手にあった。ところが、その部屋だけは、この建物の中ではまるで違った場所のように明るくきれいだった。ここにも、この病院の無情さが感じられた。

大岡という医師は四十前後の人で、看護婦に取り次がれて恵子を呼んだが、長い脚を無作法に組んで、あまり誠意のない医師のようにみえた。

恵子はその医師の前に坐《すわ》った。

梶村久子がいろいろと世話になっていると礼を述べて、

「先生、病人の容態はいかがでしょうか？」

ときいた。

「そうですな」

医師は膝《ひざ》にのせた片脚を貧乏ゆすりさせた。顔も対手《あいて》をどこか馬鹿にしたような表情がある。

「あれはもう永くありませんよ」

こともなげな言い方だった。

「え？」

恵子はどきりとした。

「永くないとおっしゃると、いつごろでしょうか？」

「そうですな……あと、一か月も保《も》てばいいほうですよ。まあ、この病院には死にに来たようなもんですな」

医師は患者の人格も、容態を心配している恵子の思惑も全く無視していた。白い顔も冷酷そうだった。

「それは、はっきりしているのでございますか？」

「ええ、分っていますよ」

医師は断言した。

「病人は湯河原からこちらに運んだそうですが、よくまあ、命があったものだと思いますよ。……あなたは、ご親戚《しんせき》の人ですか？」

「いいえ、そうではありませんが、知り合いの者です」

「ああ、そうですか。親戚の方がおられたら、まだ意識のある間に呼ばれたほうがいいと思いますな」

「…………」

「こちらに入れてはいるが、どうにも手当のしようがありません。これは、ウチの病院だけではなく、よそに担ぎ込んでもおなじですよ。いや、恐らく、よその病院では断わるでしょうな。ウチだから入れてあげているんですよ」

医者は恩着せがましく言った。その裏には、入院費も医療費もタダだという含みがある。

「こちらに病人を運んできたのは、前川という人ですか？」

「なんだか知らないけれど、肥《ふと》った人でしたよ……ああいう病人は困るんですけれど、ぜひにということでしてね、仕方なしに預ったんですがね」

「もちろん、その人には、病人の絶望的な容態もいって下さったわけでしょうね？」

「むろんです。あの状態では診察するまでもありませんからね」

「連れてきた人は、どういってましたか？」

「そうですな。別におどろきもしていなかったようです。ただ、万事よろしくといってました」

やっぱり思った通りだった。前川は、竹倉といっしょになって、厄介者の久子をここに捨てたのである。

「その後、あの人は見舞にきましたか？」

「いや、あれから見えませんな。あなたがはじめてですよ」

「…………」

「もっとも、この病院の患者さんには、めったに見舞客はありませんがね。病人は小説を書いていたということですが、梶村久子という名前などは、ぼくは聞いたことがありませんそんなに有名だったんですか？」

これは医者の皮肉ではなかった。もう彼女の名前は世間から忘れられているという証拠なのだ。いまの忙しいマスコミには、一年以上も沈黙していると、読者も誰もその名前を憶《おぼ》えてくれていない。

「はい、相当な売れっ子でしたわ」

恵子が梶村久子を弁護すると、

「そんな人ならこんなところに入らなくともいいだろうにね」

と医者は言った。

誰でも起る疑問だった。だが、この医者の口吻《くちぶり》になると、何もかも軽蔑《けいべつ》したように聞える。

「なんだそうですな。女流作家というのは男関係が多いそうですな。その梶村という患者も、そんなことで浪費して入院費もないんじゃないですか？」

恵子は医者の侮辱的な言葉に腹が立った。しかし、それは梶村久子に当てはまらないともいえない。確かに、彼女は男の遍歴が多かった。現に、入院する直前も伊豆山、奥湯河原と男と泊り歩いたのだ。

「先生、この病院ではお金を多少出すと、それだけ手当てが違うのですか？」

恵子がそうきいたのは、梶村久子の原稿料を預っているからだ。

「それは違いますな」

医者はやはり脚をぶらぶらさせて言った。

「何しろ、ここでは診療費が抑えられていますからね、そちらでお金を出してもらえば、いい薬も使えるというわけです」

「あの患者にそれが効くでしょうか？」

絶望的な容態と聞かされているので、どのような薬も無駄なような気がした。

「まあ、手遅れには違いありませんがね。こちらとしても、殺すのが目的ではないから、できるだけの努力はしてみます。それに、人手が足りないから、どうしても患者の世話がゆき届きかねます。実費を出してもらえば、そこは付添人を傭《やと》うとかいうこともできますからね」

恵子は手持ちの三万円を病院に払い込むことに決めた。

「これだけでは足りないでしょうが、当座の費用に納めますわ」

「それだったら、事務所のほうに言って下さい」

事務所というのが先ほどの窓口だった。

恵子は無愛想な事務員を考えてうんざりしたが仕方がなかった。

医者にあとのことを頼んで、また嫌な窓口に戻った。今度は事務員がすぐ前で仕事をしていたので、恵子の出した金を受取った。

「これで、いい注射薬など本人にしてもらえるでしょうか？」

「さあ、それは先生の考え一つですから、こちらではわかりません」

やはり無愛想な返辞だ。

「出来れば付添いさんもお願いしたいんですが」

「付添いを傭うとなれば、これではとても足りませんよ」

十二章　崖

1

二日経った——

　恵子は夫の和夫と山根に貸した金が気になって仕方がなかった。十五万円あれば、梶村久子に付添婦を傭うことができる。あの陰惨な病室を見てきたあとでは、この二人に金を与えたことが悔まれてならなかった。

　約束までには日があったが、できるならその金を早く返してもらいたい。梶村久子があの悲惨な状態で死ぬようなことがあれば、取返しがつかないのだ。

　二人とも切羽詰った借金だった。そのうち、山根は社を辞めるつもりだから、退職金さえ入れば十万円ぐらいの金は戻してくれるだろう。和夫のほうは月給日の月末があと三日だから、二万円でも三万円でも返してもらいたかった。

　彼女も小説界社を辞める考えだから、月給分と多少の手当はくれるかもしれない。尤《もつと》も、この手当のほうはアテにならなかった。この社に移ってから日数が浅いし、事実上仕事をしていないので、月給ぶんだけがせいぜいだろう。

いや、あの竹倉と前川のコンビなら、その給料さえ素直にくれるかどうか分らない不安もあった。意地悪をされそうな予感もある。

恵子には自分の責任で他人の金を貸したという辛《つら》さがこたえていた。この眼で梶村久子の状態を見たのだから、早く金額を届けねばならないという気持は、居てもたってもいられなかった。

恵子は久しぶりに、別れた夫の会社に電話をした。

「金だって?」

電話口の和夫は言った。

「それは弱ったな。月給日がきてもそれぞれ支払先があって、君に返す分はもう少し先にしてもらいたいと思っていたところだ」

「困るわ」

恵子は言った。

「あのお金はわたしのじゃないの。先生から催促されているので、本当に月給日に返してもらわないとどうしようもないわ。あれだって、あなたがあんまり困っているから、向うに返すまで、つい融通してあげただけじゃないの。それは、あなたによく言っておいたはずだわ」

「聞いたがね」

彼は答えた。

「だが、金というものはなかなか予定通りにはいかないものだ。もう一か月待ってくれないか？」

「駄目よ」

恵子は強く言い返した。

「絶対に待てないわ。そりゃ、わたしのお金だったらなんとか待てるけど、人のお金をわたしが黙ってあなたに貸したんですから……」

「弱ったな」

彼の当惑気な顔が恵子には眼に見えるようだった。

「それなら、あなたがほかから二万円でも三万円でも借りてわたしに返してくれない？本当に、わたし、困っているのよ。借りた人がいま死にかかっているの。もし、返してくれなかったら、わたしの立場がなくなるわ」

恵子はうったえた。

恵子は山根を病院に訪ねて行った。山根の妻はまだ病院に残っているはずだから、彼も看護しているものと思った。

普通なら、貸した金を取りに行くつもりはなかった。できるだけ長く彼に貸してやりたかった。が、追い詰められている自分の苦しさにやむを得なかった。

和夫に電話をしたが、その返事は頼りなかった。こうなると、十五万円のうち九万円でも十万円でも、手にとり戻したい。

あのときは、ずい分と侘《わび》しい病院だと思ったが、梶村久子の入っている療養院から見ると、まるで一流病院のように立派にみえた。

恵子はわずかばかりの見舞品を持ってきたが、山根の妻に会うのは気が進まなかった。また、どのような皮肉をいわれるか分ったものではない。間に立つ山根が気の毒にもなる。

なるべく病室には行かないで、山根だけを呼び出したかった。

受付に行って病室に連絡をとってもらうと、山根はいま外出しているということだった。恵子はそこで三十分ばかり待った。

玄関には外来患者や見舞客がしきりと出入りしている。恵子はあの療養院と比較せずにはいられない。汚い病室に寝かされて見舞客もなく、医師や看護婦に馬鹿にされ、冷遇されて寝ている不幸な患者たちだった。彼らは蒼《あお》い顔で互いの不幸に反感をもち合っている。――

山根が戻ってきた。

恵子は玄関に入る前の彼に近付いた。

「やあ」

山根は恵子をみてびっくりしていた。手に新聞紙包みを持っていたが、それを恵子の眼から隠そうとしている。病人に食べさせるものをマーケットにでも買いに行ったらしいが、そんなところにも彼の気の弱さがあった。

山根は恵子がまた見舞にきてくれたものと思ったらしい。

「この前はすみません」

彼は十万円の借金の礼を言った。

「お蔭《かげ》で助かりました。本当にほっとしましたよ」

恵子は出鼻をくじかれた思いで、すぐには言葉が出なかった。

彼女は病人の容態などきいた。山根は近く退院できそうだと、やつれた顔に明るい眼を見せた。

「少し、ご相談があって参りましたの」

恵子がいうと、山根は小説界社のことかと思い、

「何か、また嫌なことが起ったんですか？」

ときいた。

十万円の返金のことを予想もしていないのが恵子をためらわせた。しかしこれは勇気をふるって言い出さねばならなかった。

恵子は話した。

山根はその話を聞き終えると、とたんに暗い顔になった。

「困ったなァ」

山根は頭をかかえた。

「あなたのご好意はよく分っているので、ぼくも早くお返ししなければならないんです

が、こんな状態ですから、いまはどうにも……」

「済みません」

恵子のほうが謝った。

「ご用立てしたすぐあとで、こんな催促をして申しわけありませんが、わたしも切羽詰っていますので……」

「よく分っています。あなたが言ってこられるのは、よくよくのことだと思っています……実際、あの金は、助かりました。それだけに、右から左なんです。ぼくの手もとには一文も残っていないのです」

恵子は、山根にはその金が梶村久子の原稿の処分だとは言っていない。編集者だけに、それは言いづらかったのだ。よそで借りた金を融通したのだが、先方から矢の催促をうけていると話したのだ。

「あなたの立場もあるし……弱ったな」

山根は髪の毛をモジャモジャとかいていたが、

「では、こうしましょう。ぼく、これから小説界社に行って退職金を請求してきます」

と顔をあげて言った。

「え、やっぱりおやめになるんですか？」

恵子が見つめると、

「ぼくなんかが、あの社にいても役に立ちませんよ」

と彼は寂しく言った。

「あとは、前川さんが適当にやるでしょうからね。……ぼくも、もっと早く身をひくべきでしたが、家内に倒れられて、ずるずると今まで来たんです。卑怯《ひきょう》だとは思いましたが、毎月の月給がほしかったのです。……笑わないで下さい」

「いいえ、そんな……」

恵子は、気弱な山根が、そこまで頑張ったのを称賛したいくらいだった。

「しかし、これで、ぼくもフンギリがついて、かえってよかったと思いますよ」

「…………」

「これから、すぐに社に行きます。向うだって、ぼくがやめるといったら、かえって、ほっとするでしょう。退職金といっても、大したことはないと思うが、あなたにお返しするくらいの金はくれると思います」

「…………」

「あなたは、これからどうします？」

「アパートに帰りますわ」

「それでは、ぼく、社からの帰りにあなたのアパートに寄ります。ちょっとだけお邪魔します」

彼は遠慮そうに言った。恵子のアパートにくるというのを気がねしているのだ。

「では、お待ちしています」

恵子は、悄然《しょうぜん》としている山根と別れたが、前川一徳が山根に退職金をすぐに渡すかどうか不安であった。

恵子はその夕方からアパートにいて、山根のくるのを待っていた。

山根はうまく退職金を取ってくるだろうか。前川一徳が素直にそれを出すだろうか。

もともと山根は、小説界社にとって邪魔者だった。彼のクビが切れなかったのは、よその社から週刊誌といっしょに引張った手前があったのだ。

週刊誌の発刊が思うように軌道にのらず、前川一徳という男が横合いから出てきて、山根は役に立たない人間になった。辞めろとは言えない代り、彼を冷たく扱って自分から出て行くのを待っていたのだ。

だが、竹倉が金に汚ないことは恵子もよく分っている。山根がつづけて出社していたら、しぶしぶながら金を出したかも知れない。だが、不幸なことに、山根は病妻のためにずっと欠勤していた。

これが、社長や前川一徳に絶対の口実を与えるのではないか。

また、金を払うにしても、すぐには渡さずに期日を延ばすのではないか。それは、山根に対する最後の嫌がらせであり、意地悪なのだ。竹倉や前川ならしそうなことであった。

単純な山根は、今日でも退職金がもらえるくらいに信じている。

恵子は山根を待つ一方、悄然として謝りにくる彼の顔を見るのが気の毒だった。

夕方になってからだった。

階下の管理人のおばさんが山根を案内してきた。直接、彼女の部屋には来ずにそういう方法をとるのも山根らしかった。

「どうぞ、お入り下さい」

恵子は山根を招じたが、彼は入口で恐縮したようにもじもじしていた。恵子は彼の顔色を見ただけで結果が分った。山根は退職金をもらえなかったのだ。

「すみません」

坐《すわ》るなり恵子の前に手を突いた。

「申しわけないんですが、約束した金はきょう出来ないんです」

恵子は眼を伏せた。

「竹倉社長と前川さんに会って話すと、退社のことは聞いてくれました。しかし、退職金のほうは、もう少し待ってくれというんです」

「…………」

「社長がいうには、社もいろいろと金繰りがあって、今日、明日では困るというんです……僅《わず》かな金だし、社の金繰りに響くほどではないと思うんですが」

山根も竹倉の下心に気付いている。

「なんといっても、ぼくがずっと休んだのが社長の機嫌を損じているんです……それはいいのですが、あなたに約束した金ができないのは本当に申しわけありません」

山根に謝られても、どうにもならなかった。

「仕方がありませんわ。あなたのご都合のよいときにお願いします」

「すみません」

山根は、また謝った。

が、このとき、彼の表情が少し違ってきた。

山根は、恵子をじっと見た。その眼には今までとは違った真剣さがこもっていた。

「君」

「妙な話を聞いたんですがね」

「え、何ですか？」

恵子は、彼を見返した。

「小説界社からの帰りに、ぼくの知った編集者に会ったんです。その男は大衆雑誌ばかりやっているんですがね……次の号には、梶村久子さんの小説をハシラに出すといってましたよ」

「…………」

恵子は、どきりとした。それは若葉社の編集者に違いない。恵子が梶村久子の原稿を四万五千円で売った先だ。しかも、ほかの一篇を附録でつけている。

「変だな、とぼくは思いました」

山根はつづけた。

「梶村さんは、いま全然、原稿を書いていない、よくそんなものが取れたと思って、いつ書いてもらったのかとききました」

「…………」

山根は、梶村久子が療養院に入っていることは勿論《もちろん》知っていない。恵子も、それは話してなかった。

「すると、その男……若葉社という出版社ですがね。その男が答えるには、最近に書かせたものではなく、旧稿だそうです。前に書いてあったものを、誰かが持ちこんできたわけですね」

「…………」

「誰がその原稿をもってきたかときいても、それは言わないのです。ただ、梶村さんが病気で困っているので、その費用として原稿を金にかえたらしいのです」

「…………」

「若葉社としては、梶村さんの原稿は、それほど面白いとは思わないが、雑誌に一応の格をつけるために引き取ったのだといいました。なんでも、すごく安く買ったらしいんです。尤《もっと》も、あすこは、常連作家の原稿料でも、ひどくたたくところですからね」

「…………」

恵子は、身体がすくんだ。

梶村久子の原稿を持ちこんだのは、彼女の窮状に同情したあまりだが、その金は自分の勝手で流用している。手もとには全額が残っていない。

その理由の一つが、この山根への融通であった。

山根はそれを知らないでいる。

「若葉社では、梶村さんの小説で大宣伝をブッといってましたが、誰が一体、あんな社に原稿を持ちこんだのでしょうねえ？　梶村さんは、死んでもあんな雑誌には書かないといっていたから、まさか、自分の意志ではないと思いますがね」

恵子は、よほど、それは自分がしたのだと山根に打ち明けようかと思った。

しかし、それには躊躇《ためらい》があった。

一つは、それを言うと、山根が借金のことでもっと苦しい思いをしなければならない。

一つは、山根が、梶村久子の原稿を売りにいった人間に腹を立てているらしいことであった。――

恵子は、山根にこの事実をよほど明かそうかと思った。

しかし、それを言えば、山根は自分が恵子から借りている金が、梶村久子の原稿料であることを知らねばならない。しかも、それは恵子の好意で流用されたものだ。

山根が苦しむに決っていた。

しかも何も知らない山根は、梶村久子の原稿を誰かが雑誌社に売り渡したと非難している。

恵子はうつ向いた。釈明ができないなら、黙って聞いているよりほかはなかった。

「梶村さんは病気ということだが、いま、どこにいるんですかね」

山根は何も知っていない。

「ぼくは、梶村さんの意志でないのに、あの原稿を売った人はひどいことをすると思いますね」

「それが何か問題になっているんですか？」

恵子としては、それが気懸りだった。

「問題になるでしょうね。若葉社は、梶村久子さんの小説を柱にして宣伝するというのだから、変だなと思う人がきっと出てきます」

恵子は胸がどきどきしてきた。もしそうなったら、自分の立場はどうなるのだろう。早く金をもと通りに揃えて、梶村久子に届けねばならない。

その金さえ完全に彼女に渡せば、あとのことはどうにでも言訳ができる。

「山根さん」

恵子は言った。

「あの、お金のことですみませんが、それを返していただくのは、あと、どのくらいかかるでしょうか？」

山根は急に金のことになったので、また弱った顔をした。

「そうですな。いくら竹倉さんが強欲でも、十日以上には延ばさないと思います。十日間待って下さい」

十日間くらいだったら、まだ雑誌が出ないだろうから問題は表面化されない。ただし、それ以上に延びると、危険な状態になりそうだった。

「先方に返す都合がありますから、ぜひ、お願いします」

恵子は改めて頼んだが、内情をうち明けられないのが苦しい。

「分りました」

山根がそういったとき、ドアの外にノックが聞えた。

「どなた？」

坐ったままで恵子が伸び上ると、ドアがまず細目に開いて前川一徳の顔がのぞいた。

恵子は、あっ、と思った。

すると、そのドアはそのまま開いて、前川の大きな図体《ずうたい》がのっそりと入ってきた。

「やあ、山根君も来ているのか？」

彼は坐っている山根をじろりと見下した。

山根もまさか前川一徳がここに来ようとは思わなかったらしく、どきっとしている。

「では、ぼくは、これで……」

気の弱い山根は、あわてて帰ろうとした。

「まあ、いいじゃないか、山根君」

前川は横柄に言った。

「ぼくが来たからといって、そうあわてて逃げることはないよ」

2

山根は、前川一徳が来たのでそこに居づらく思ったのか、

「ぼく、これで失礼します」

と頭を下げて廊下へ出て行った。

「あははは」

前川は声をあげて笑い、畳の上にどかっと坐《すわ》った。

恵子は、なぜここに前川が来たのかも分らなかった。彼女は警戒して、彼がどのようなことを言い出すのか、身構えていた。

「山根君は、たびたびここに来るのかね？」

前川一徳はそんなことからきいた。

「いいえ、今日が初めてですわ」

恵子がさりげなく答えた。

「ほう、はじめてにしては、大ぶん親しそうに話し込んでいたね……山根君は、奥さんの病気で会社まで休んでいるが、ここには顔を出す時間があるとみえるね」

といってまた笑った。

彼の皮肉だった。

「ときに、井沢君」

前川はポケットから煙草を出して口にくわえ、ライターを鳴らした。

「今日、聞いた情報だがね、梶村久子さんの原稿が若葉社の雑誌に載って、近く出るそうだね」

やはり、そのことだったのか。恵子は前川が来たとき、それを感じないでもなかったが、はっきりそう聞くと、やはり心臓が鳴った。

「若葉社では、梶村久子さんの原稿をハシラにして大宣伝をぶつといっている……まあ、それはいいが、一体、病気で寝ている梶村さんの原稿が、どうして若葉社に渡ったか、どうも不思議だな」

彼は煙をまき散らした。

「なるほど、梶村君は病気で金が要るかもしれないが、それにしても、彼女はその原稿を誰かにたのんで雑誌社に渡さねばならない。雑誌社の奴が原稿を取りに行ったということも聞かないから、これは、きっと売り込みだと思う……」

前川一徳は、ジリジリと詰めてきた。

彼は、その「犯人」が恵子だと分っているのだ。だから、ここに現われて皮肉たっぷりに詰問を愉《たの》しんでいるのだった。

恵子には弱点がある。それは、売った金の全部を自分が持っていないことだった。別れた夫と、いまこの部屋から去った山根とに分け与えている。

(それをしたのは、わたしですわ)と恵子が名乗り出るのは簡単だった。だが、その原稿料をどうしたときかれると忽《たちま》ち詰ってしまう。他人の金を勝手に使ったのと同じなのだ。

「どうも不思議だと思ってね。ぼくは、ほかの社にも同じようなことがあるのではないかと思って、全部の雑誌社に電話をかけてみた」

恵子は蒼《あお》ざめた。前川は、そこまで執拗《しつよう》に調べているのか。

「ところが、ほかの雑誌社ではその事実がない。そこで、万一と思って新聞社にも電話をしてみた。新聞社からは週刊誌の別冊が月刊で出ているからね……」

恵子は、梶村久子の原稿を売った人間は普通の雑誌社だけでなく、新聞社にも行っているのではないかと、その方面も探ったと聞いて気持が寒くなった。

前川一徳は、そんな恵子の表情を愉しむようにじろじろと見て、

「すると、やはり、新聞社にあったよ……B新聞の週刊別冊の西山という副編集長に電話しての話だがね。ウチも一本預っているというんだ」

「………」

「いくらで買いましたか、ときいたら、梶村さんが病気なので気の毒だと思い、税引き十三万五千円渡したといっていた。しかもだな、その原稿たるや支離滅裂なので使いものにならんという話だった。だが、作者が病気なので、いわば寄附のつもりで出したと西山さんは言っていたよ。いい人だな」

「………」

「新聞社だから、そこは、おっとりとしているんだね。それにつけても、そんな好意につけ込む売り手はひどいね」

「………」

恵子は唇を噛《か》んだ。前川一徳はそれが恵子の仕業だと知っているのだ。だからこそ、皮肉たっぷりにここに来て彼女に聞かせているのだ。

恵子はそれに抗弁ができなかった。いや、そんな皮肉をいわれると、余計に何も言いたくないのだ。自分の実際の気持は前川などには分らない。

「西山さんに、誰がそんな原稿を持ってきたのだときいたら……」

前川はじろりと恵子を見て、

「それは言えないという返事だ。さすがに、新聞社だな。売り込みに来た人の立場をちゃんと考えている」

「………」

それは前川のつくりごとだろう。この男、何もかもちゃんと聞いているに違いないのだ。

「若葉社では、その梶村さんの小説を大きく宣伝するというし、一方は使いものにならないといってボツを承知で買い取っている。えらい違いだ」

「………」

「それにしてもひどいな。ぼくは、そんな原稿を売り歩いていた奴を捕まえてみたいよ」

「…………」

「なぜかというと、それは梶村さんの意志ではないと思うんだ。つまり、その原稿は梶村さんが気に入らないから、今までどこにも出さずに隠していたのだと思う。だから、そんなものを持ち出すのは、梶村さんの恥を方々にさらすようなものだよ」

「…………」

恵子は、はっとした。それは、たしかに彼のいう通りだった。

恵子は、あの原稿は、どこの社からも注文がないので、仕方なしに書き溜《た》めていたのだと思っていたが、前川の話のように、出来がよくないので久子が書き直すために置いていたのかもしれないのだ。

その点は、恵子のうかつであった。

前川一徳は恵子の前で悠々と煙草を喫っている。

彼は恵子の告白を期待しているのだ。これほどいったのだから恵子が泣き出して、一切を告白するものと期待しているのだ。

だが、彼には彼女が素直には白状しないだろうという気持もあるのだ。だから、自分の皮肉を自分で愉しみながら、彼女の様子をたのしそうに見ているのだった。

とにかく、犯人はお前だ、と前川一徳の顔つきは恵子を真直ぐに指している。

それでも、恵子がおし黙っているものだから前川はまた口を開いた。

「梶村さんのその原稿を持ち込んだ人は、原稿料を即座にもらって行ったそうだ」

　恵子は、予想通りのことを前川が言ったと思った。話は必ずそこにくるものと覚悟していた。

「他人の原稿を売って、その金が作者のところに届いていないとなると、これは問題だな」

　前川はせせら笑いを浮べてつづけた。

「新聞社の西山さんに話したら、そりゃ、ひどい話だ、まるで詐欺ですな、といっていたよ」

「………」

「詐欺だと言われても、こりゃ、仕方がないね。その金が全額、梶村さんのところに届いていれば話は別だがね」

　では、前川一徳は梶村久子のもとにその金が届いていないのをどうして知っているのか。

　恵子は梶村久子の病床に見舞客が来ていなかった事実を思い合せた。前川は療養院に電話して、その事実を確かめたのだろう。

　それだけでも前川の下心は想像できる。

「な、井沢君」

　前川一徳は急にやさしい声を出した。

「この問題はほうっておくと、えらいことになると思うな」

「………」

「そりゃ、そうだろう。詐欺行為だとすると、警察に訴えると立派に犯罪は成立する」

「………」

「しかしだな。中に入った人が悪意でなく、善意でそれをやったとすれば、それはまた別だ。誰だか分らないが、梶村さんのためを思っての行為だとすると、これはいちがいにその人を責めるわけにはいかない」

「………」

「この辺は微妙なところだ。井沢君、君の意見はどうだろうね？」

前川一徳は肩をゆすぶって恵子をのぞきこむ。

前川は何もかも承知で来ているのだ。

「この問題はね」

と前川はつづけた。

「まだ誰も知っていない。新聞社の西山さんだって、うまく話せば分ってくれる人だ。いい人間だからね。また、若葉社にいたっては、原稿だけが取れればいいんだ。原稿料は、四万五千円払われたそうだが、渡した金がどうなろうと関係はないわけだ……」

前川一徳の言葉はやさしい。聞いていると、この問題は自分一つの胸でおさまるのだと言いたげだった。

「実はね」

前川はつづける。

「そのことは竹倉さんも知っている。ぼくが一応報告したからね……だが、それはどうにでもなる。ぼくの口から訂正をいえばいいことだ」

どうやら前川一徳は、恵子がわっと泣き伏すのを期待しているようだった。彼の話し方は、すでにその幻想を描いて、半分は慰めの口調である。

「前川さん」

恵子は決心して言った。

「もう結構ですわ。あなたが何を言いにここに見えたか分っています。そんな謎をかけたようなことばかりおっしゃらないでも、その〝犯人〟はわたしですわ」

「うむ」

前川はちょっと虚をつかれたようだった。期待した通りにはならなかったのだ。しかし、彼はすぐに態勢を立て直した。

「なんだ、君だったのか？」

わざとおどろいたような眼を見せる。

「ええ、そうなんです。梶村先生が湯河原の旅館に一人で苦しんでいらっしゃるので、気の毒になって、こちらに入院する費用を作ったんです」

「君は前にそんなことを言っていたな。しかし、梶村さんの原稿を売ったという報告はなかったね」

「わたしが個人でしたんです。社に報告することはありませんわ」

「なるほど」

前川は短くなった煙草を口にくわえ、煙を一しきり出すと微笑してうなずいた。

「梶村さんは喜んだろうね？」

「え？」

「いや、その金を持って行ってあげたので、彼女は、さぞかし喜んだろうといっているんだ」

「湯河原に持って行こうと思って、旅館に電話をすると、梶村先生はいらっしゃいませんでしたわ。どなたかが先生を東京の病院に入れたんでしょう」

恵子は多少の皮肉をこめて言った。

しかし、そんなことで動揺する彼ではなかった。

「そうかね。で、その金はどうした？」

「金ですか？」

恵子は、よほど本当の話を前川に投げつけようかと思ったが、二人の気の弱い男の顔が浮ぶと、その勇気もくじけた。

前川一徳はニヤニヤと笑って恵子を見た。

「その原稿料は、君、全部持ってるの？」

恵子がそれを持っていないことを十分承知の上の質問だった。

「いいえ」

恵子は真直ぐに顔を上げて答えた。

「ほう、じゃ、君、使ったの？」

「ええ。……でも、全部じゃありません。三万円だけは、梶村さんの入ってらっしゃる療養院に置いてきましたわ」

「ふん」

前川は鼻をふくらませた。彼も療養院の名前を聞くと、あまり気持がよくないらしい。それだけうしろめたいところがあるのだ。

「すると、残りは？」

彼は、その顔に漂わせていた皮肉な笑いを消した。

「使いました」

他人に貸したとは言えなかった。どちらにしても彼女が勝手に流用したのだ。

「すると、十万円ばかり君が使いこんだんだな？」

彼はわざといやな言葉を使った。

「そうです」

恵子は唇を噛《か》んで答えた。

「なかなか度胸がいいね」

「………」

「何に使ったかしれないが、君も若い娘じゃないから、まさかおしゃれに使ったとは思われない」

「………」

「男にでも使ったのかい？」

男？　恵子ははっと息を呑《の》んだ。

なるほど、これは男には違いなかった。むろん、前川の言う意味は、彼女の情人を想像している。

「………」

すぐには返事ができない。

「どうだね？」

前川は次第に強い眼で見る。

「言えませんわ」

「なに」

彼はぐっと恵子を睨《にら》んで、

「君、そんな返事ってないだろう。君は他人の原稿を勝手に売歩いて、その金を受取ったのだ。何に使ったのか、これは釈明する必要がある」

と言った。

「前川さん」

　恵子は彼を見返した。

「あなたと梶村先生とはどんな関係ですか？」

「何っ」

「わたくしは梶村さんがお気の毒なので、自分の考えで先生の原稿を持ち出したんです。それはあくまでも先生が困ってらっしゃるから、お救いしたいと思ってやったことです。金も受け取りました。でも、その使途をあなたに言わなければならないなら、その前に、あなたと梶村さんの関係を教えていただきたいわ。……もし、まるっきり縁故がなかったら、わたしはあなたにお答えする必要はないと思います」

「よく言ったね」

　前川は答えたが、すぐにあとの言葉が見つからないらしく、それを考えるように煙草を唇に挟んだ。彼は次第に昂奮《こうふん》しはじめた。

3

　前川一徳は、恵子に反撃に出られて、自分で昂奮しはじめた。彼は落ちつこうと煙草をくわえているが、その先がかすかに慄《ふる》えていた。

「なにを言うのだ？」

前川は言った。彼は、恵子に、伊豆山の一件を目撃されているとさとっている。それをいま恵子の口がはじめて吐こうとしているのだ。

「ぼくと梶村さんとは何ンの関係もない」

彼は押し切るように言った。

「つまらない言いがかりはよせ」

「では、ききます。……わたしが熱海に取材に行った晩、梶村さんとあなたは伊豆山の旅館に泊まっていました」

「嘘だ」

前川は叫んだ。

「わたしは見ましたわ。その翌《あく》る朝、宿の庭を散歩してらっしゃるお二人の姿を見ましたわ」

「嘘だ」

前川はつづけて言った。

「そんなこと、今ごろ言っても駄目ですわ。わたしはあなたと違って、嘘を言ったことがありません」

「何を言うか」

前川は顔を真赤にしている。

「わたしははっきり言って、梶村先生が好きではないんです。あなたと二人で歩いている姿を見たら、不潔だと思ったんです。でも、病気になってから誰も相手にしていないのを見ると、気の毒になっただけです」

「君の言うのは、みんなデタラメだ。……それならきくがね」

と前川はせせら笑った。

「伊豆山に泊まっていた女がどうして翌る日奥湯河原で死にかけているんだ？」

「奥湯河原に誰と来たか、およそ想像がついてますわ。……宿には口封じがしてありましたが、それは竹倉社長だとはっかり分るんです」

「何っ。君は邪推ばかりをしている。証拠はどこにある？」

「今さら、そんな証拠呼ばわりをしてもおかしいですわ。……とにかく、そんなことよりも、梶村さんが病気になったら、自分たちの体面ばかりを考えて遁《に》げ出した人のほうが、よほど罪悪ですわ」

「君」

前川は肩をいからした。

「あんまり変なことを言うと、君が金を使いこんだことを警察に訴えるぞ」

「訴えてもいいわ。そしたら、あなた方のしてる卑怯《ひきょう》なことをみんな言いますわ。……その証拠に、わたしが梶村さんを引き取りに行くと言ったものだから、すぐに彼女を湯河原から引きあげさしたじゃありませんか。それに、彼女を移した先が福祉療養院とは呆《あき》れ果てた話だわ」

「君は、梶村さんをそんなところに入れたのを、ぼくや竹倉さんだけだと思うのか？」

前川は急に別な口調になった。

「え？」

「バカな考えだ。なにも梶村さんを湯河原から引き取るのは、ぼくたちだけじゃないはずだ。彼女にかかわり合っているのは、ほかにもいるよ」

恵子はあっと思った。

脳裏を掠《かす》めたのは大村の顔だった。たしかに大村も梶村久子を引き取る義務があった。しかも、彼なら福祉療養院にほうり込むことぐらいやりかねない。

恵子は急に迷った。

前川一徳は恵子にむかって意味ありげに笑いをみせた。

「君はぼくたちが梶村久子さんをその病院に入れたと思っているようだが、社長もぼくも実は知らないんだよ」

恵子が迷った顔になったので、前川はそれに乗じるように言った。

彼も暗に大村をほのめかしている。

「なにしろ、梶村さんは複雑な男性関係があったからね」

「……………」

そう言われると恵子も反対のしようがなかった。

「だがね」

前川は次第にゆとりを取り戻してきた。

「だれが病院に梶村さんを運んだかということは問題じゃないんだ。ここで大事なのは、梶村久子の原稿を勝手に売飛ばして、しかも、その金を自分で着服したことなんだ」

「でも……」

恵子は思わず言い返した。

「お金は全部じゃありませんわ。そのうち三万円は梶村さんの病院に払ってきました」

「それは一部だろう？」

前川はせせら笑った。

「問題はその全額なんだ。君は三万円払ったというが、十五万円はどうした？」

「ある人に貸しました」

恵子は遂に言った。

「ある人？」

前川はじっと見て、

「ふん、それは山根君か？」

と嘲《あざけ》るような眼を見せた。

「山根さんじゃありません」

恵子は否定したが、その顔色の動揺で前川は察したらしい。

「君は相当の女だな。さっきこの部屋で山根君を見たが、このアパートに遊びにこさせたり、金を貸したり、見かけによらない君はドライな性格なんだね」

「そんなんじゃありませんわ。山根さんがお金に困っていらっしゃるから、つい、お貸ししたんです」

「そうかね。それはどちらにしても、他人の金を君が勝手に使ったことに変りはない。そうだろう？　君は二言目には梶村さんが気の毒だと言っているが、君自体は何をやっている？　理屈に合わないじゃないか。君は山根君に貸したと言っているが……」

前川の顔には次第に嫉妬《しっと》のようなものが泛《うか》んできた。

「その金だって何に使ったか分ったもんじゃない」

「何をおっしゃるんです。山根さんの奥さんが病気で入院していらしって、その費用に困っていらっしゃるからお貸ししたんです」

「おや、それも、君の言うことと矛盾するじゃないか。君は、梶村さんが病気で困ってるから、彼女の原稿を勝手に金にかえたんだろう。それを他人の女房が病気したからといって回すのかい？」

これには恵子も返事ができなかった。

「とにかく」

前川は恵子の困った顔をじろりと見て言った。

「君はどんなにきれいな口を利こうと、その金は君が横領したのと同じだ。……山根との遊びの費用に使ったのかもしれんな」

「前川さん、何をおっしゃるんですか。わたしがそんなことをしたかどうかは、山根さんにきいていただけば分ります」

「ふん、恋人同士じゃ打ち合せも出来てるだろう」

「山根さんはわたしの恋人じゃありませんわ」

「信用できないね」

前川はそっぽを向いて煙草を吹かしていたが、

「なあ、井沢君。君の性格はよく分ってるつもりだが、今度のことは、君がどんなに誤解をうけても仕方がないと思うんだ」

急に言葉が柔らかくなった。

「………」

「ほんとに君は山根が好きじゃないのか？」

「そんなんじゃありません、お気の毒だから、お金を少し融通しただけです」

「少しだって？」

前川の眼がぎらりと光った。

「十五万円が少しの金かい？」

恵子は思わずはっとした。この分では、あとの五万円を貸した和夫のことまで自分の口から言わねばならない羽目になりそうだった。

「十五万円みんなじゃありません」

「ほう、では、ほかの金は？」

「言えません」

これははっきりと返事した。まさか別れた亭主にとは言えないのだ。

「どうも、君の言うことはアイマイ至極だね」

前川はせせら笑って、

「まあ、何でもいい。君がそんなに困っているのだったら、どうだね、ぼくがそのことを内密にするか、万一の場合は十五万円を出そうじゃないか」

「えっ？」

恵子は眼をみはった。

「人間にはそれぞれ事情がある。それを他人に言いたくないこともよく分る。だから、ぼくは君に好意的にそうしようというのだ。いいかね」

恵子は、前川がそろそろ奥の手を出したと思った。前の経験もあることだ。

しかし、この場合、十五万円はぜひ欲しかった。とにかく、梶村久子の病院に払わなければ、自分の良心が済まないのだ。そのことが苦になって、どんなに自分を責めてきたか分らない。

「前川さん、それには何か条件がありますの？」

恵子が思い切って切出すと、

「条件かね」

前川は眼尻《めじり》を細めて、

「今夜の八時に、代々木の参宮橋《さんぐうばし》に××ホテルというのがある、そこに来てくれ。ぼくが待っている。前川と言ってくれたら、分るようになっているよ」

と言った。

前川は条件として今夜の八時までにホテルへこいという。恵子はべつにおどろきもしなかった。彼女の予感から外れていなかったのだ。

「どうだね？」

前川は眼を細めて恵子を見たが、瞳《ひとみ》だけは鋭くなっていた。

「考えさしていただきますわ」

恵子は眼を伏せた。

「考える？」

前川は鼻の先で嗤《わら》って、

「君も若い娘じゃあるまいし、結婚の経験もある身体だ。考えるも考えないもないだろう。もう少しドライに割り切ることだな」

「………」

「もし、この条件を」

前川は語調を少し変えた。

「君がこの条件を呑《の》まなかった場合は、ぼくは君に対して適当な処置を取る」

「つまりだな、君は一種の詐欺行為をしたのだ。あるいは横領かもしれないね。他人の原稿を盗《と》って、勝手に金を貰《もら》い、その大部分を費消したんだからね」

「警察にでも訴えるとおっしゃるんですか？」

「いや、もっと厳しい処置がある」

「処置ですって？」

「何のことですか？」

「マスコミに流すんだ」

前川は言った。

「いま、二、三の週刊誌は、そういう材料に飢えている。それに、この中には梶村久子という女流作家が登場するから、材料にはこと欠かない。ヒロインは井沢恵子という女編集者だ。こりゃどこでも派手に扱うよ。……名誉毀損《きそん》にはならないね。すぐそのあとから、君は警察に逮捕されるんだから」

恵子は、顔色が蒼《あお》ざめていくのが自分でも分った。

頭の中に火を感じた。かっと血が上って、眼の前が昏《くら》くなった。

悠然と坐《すわ》っている前川を殺してやりたいくらいだ。

「どうだね、そんな目に遭いたくないだろう？」

前川はやんわりと言った。

「今夜ぼくのところに来てくれれば、そんな面倒なことにはならない。君だって二度と世間に顔向けのできないような立場にはなりたくないと思う。……ぼくは十五万円を出して上げようと言うのだ、なあ井沢君」

「………」

「ぼくがこんなことを言うのは、前から君が好きだったんだよ。好きだからこそ、いろいろと君のためを考えようというのだ。いいかね」

「………」

「男というのはね、自分の好きな女が自分の意志に応《こた》えてくれたら、これは夢中になる。どんな犠牲でも払いたくなる。だがね、それを裏切った場合は、その愛情が憎しみに変るんだ。この憎悪は愛情の倍ぐらいに強いかもしれん」

「………」

「君がぼくの意志に逆らった場合は、何をやるか分らないよ。……じゃ、ぼくはこれで帰る。今夜の八時、××ホテルで逢《あ》うとしよう。八時が刻限だよ。それが一分でも過ぎたら、前に言った通りの処置をとるからね」

4

七時半になった。外は真暗になっている。

恵子は時計ばかりを見つめていた。前川の言った時刻が刻々と迫ってくる。指定したホテルはタクシーで駆けつけても二十分はかかる。あと十分の余裕だったが、ぐずぐずしているうちに五分に縮まり、三分になった。

今度は前川も真剣だとは恵子も分っていた。彼はおそらく宣言通りのことを実行するに違いない。

恵子は、前川がそのホテルの部屋のなかであぐらをかいて煙草を吹かしながら待っている姿を想像すると、どのような犠牲を払っても、そこに行く気はしなかった。

八時をすぎた。もう早、これから駆けつけても間に合うことではなかった。

ただ一つ、電話でそのホテルにいる前川を呼び出し、遅れて着くからといえば僅《わず》かに助かる機会はある。

しかし、そんなことを思うのは、心にまだ迷いがあるからだ。

すべては破局から逃れたい気持からの逡巡《しゅんじゅん》だった。前川の言葉通りが現実になった場合を考えると、やはり足が震える。

恵子は、もう少し待ってもらうように前川に頼みたいとも思った。しかし、それには、彼の居るホテルまで出掛けねばならない。だが、そこへ行けば今度は彼の手から逃れられないのは分っていた。前川もそう度々こちらの口実には乗ってこないはずだ。恵子は追い詰められた自分を知った。

——遂に、八時半になった。

すべてが終った感じだった。

それでも恵子は、待ち疲れた前川がここにやってくるかと思った。彼が来るとなると、彼に妥協の意志があるわけだ。そのほうが彼から逃れる可能性はある。ふしぎなことに、このときほど恵子は前川一徳の来るのを待ったことはなかった。

九時半になった。

廊下に足音がした。そのたびに恵子は耳を澄ませた。が、足音はみんなほかの部屋に逃げた。

十一時まで起きて待った。遂に彼は来なかった。

恵子は前川が姿を現わさなかったことに、彼の決定的な意志を見る思いだった。その夜はあまり睡れなかった。

夜明けにようやく睡りに落ちた。

夢を見ていたが、そのなかで物音がしていた。

音は現実につづいていた。入口の戸を誰かが叩《たた》いているのだ。恵子は半身を起してドアを見つめた。外側の窓のカーテンの隙間から白い明りが流れていた。

「どなた？」

声をかけた。前川ではないかと思った。

「わたしよ」

女の声が聞えた。

「土田智子よ」

恵子は土田智子にはあれ以来だった。彼女は起き上ってその辺を片付け、何気なく錠を外してドアを開けた。

恵子がドアを開けると、肥《ふと》った土田智子の顔があった。後ろにもう一人の男と女とがいた。

恵子は眼をみはった。土田智子のうしろにいる女はこの前、喫茶店で会った年増《としま》の無口な女だが、男のほうは三十ばかりで、背が高く、その肩にはカメラの紐《ひも》がかかっていた。

「今日は多勢で来ましたわ」

土田智子はニコニコして入ってきた。二人の男女も不遠慮につづいた。それは、ほとんど闖入《ちんにゅう》といった感じだった。

「この前はどうも」

土田智子はうすい唇をにっと笑わせた。恵子を大村に手引きしたことなどは、まるで考えてもいないような表情だった。彼女はいきなりポケットから手帳を出した。

「今日は仕事で来ましたわ」

「仕事？」

恵子は何のことか分らなかった。

「ああ、そうそう、名刺をあげなくちゃあいけないわ」

土田智子は思い出したように、ブラウスのポケットから赤い名刺入れを出すと一枚を恵子の前に置いた。つづいて無口な女も自分の名刺をそれに並べた。「週刊太陽芸能」と肩書があった。

「この人、うちのカメラマンよ」

土田智子は男のほうに顎《あご》をしゃくって、

「わたし、いま、この社にいるの。……ところで、恵子さんは、梶村久子さんが病気で入院しているのをご存知ですわね？」

と、いきなり切り出した。

「ええ」

恵子は、この連中が梶村久子の近況を取材に来たのかと思った。

「このことで、あなたはずいぶん世話をなさったと伺ったんだけど……」

「いいえ、大したことはしていません」

「梶村さんの入院費を作るのに、梶村さんの原稿をお金に換えたって、本当ですか？」

そうきいて、土田智子は鉛筆を構えた。恵子は息を呑《の》んだ。

この人たちが何を取材に来たか初めて分った。前川一徳の声が頭の中をかけめぐった。

まさかとは思ったが、彼は確実に自分の言葉を実行したのだ。しかも、皮肉にも土田智子をさし向けている。

恵子は自分の顔から血の気が退《ひ》いていくのが分った。

「土田さん、あなたはわたしに何をききたいの？」

後ろに坐《すわ》っていた男がカメラをいじっていたが、ふらりと立ち上ると、いきなり恵子にレンズを向けた。

「よして下さい」

恵子はカメラを防ぐように手をあげた。

「あら、あなたは何をするの？」

「あなたがたは梶村さんの原稿を売ったんじゃないの？」

土田智子がかわって言った。

「ええ、それはしたわ……あなたは、前川さんからそれを言いつかってきたの？」

「誰に聞いてきたとはいえないけど、某方面から情報が入ったの。わたしたちはあなたからその真偽を聞きたいの」

土田智子は肥えた顔にうすら嗤《わら》いを浮べた。

「わたしたちは独自な取材をしていますからね」

「では、誰に聞いてきたんですか？」

「そんなことは言えません。ニュース・ソースは誰にも言えないことになっております」

「土田さん」

恵子は、その後ろで相変らず黙っている女の顔を等分に見た。

「あなた方は、大村さんと新しい週刊誌を始めるようなことを言っていたけれど、これがそうなんですか？」

「冗談じゃありませんよ、わが社はもう五、六年も経っています」

「あなたのいうことは、さっぱり分らないわ。わたしを誘っていっしょに取材グループを作ろうといったり、それで、わたしがノコノコと随《つ》いて行くと、妙なところに大村さんが待っていたり……」

「いそがしい時代ですからね。変るのは当り前だわ」

土田智子が言ったとき、すぐ傍でシャッターの落ちる音がした。

「止《よ》して」

恵子は叫んだ。

「井沢さん、勝手に写さないで下さい」

「どうしてそんなことを気にするの？」

土田智子は冷たく言った。

「あなたにやましいことがなかったら、なにもそんなに昂奮《こうふん》することはないと思うわ」

「なにを言うの。あなたはわたしのことを週刊誌に書き立てようというんでしょう？」

「だから、わたしがこうして来て、あなたの真意をきいているじゃないの。一方的に記事を書いたりしないわ。わたしは公平なつもりよ」

「なにも答える必要はないわ。帰って下さい」

「帰れとおっしゃるなら帰りますけれどね。ただ、あなたのためを思ってきいてみるの……あなたは梶村さんの原稿を勝手に売り飛ばしたんですか、それとも、梶村さんの意志を代行したの？」

「あなた方に何も答えることはないけれど、自分を守るために最小限度に答えるわ……原稿のことは、確かにわたしが梶村さんの気持を考えてお金にしたわ」

「気持というけれど、あなたが梶村女史にそう言いつかったわけじゃないでしょう？」

「梶村さんは病気ですからね。傍の者が気をつけてあげなければ、ご本人は何も言えないわ」

「では、次をきくわ。あなたは、その原稿と引きかえに新聞社と若葉社とから金をもらったそうですね？」

「それがどうしたというの？」

「その金は自分で使い込んだそうじゃないの？」

「使い込んだわけじゃないわ。事情があって、すぐに全部を梶村さんに渡せなかっただけだわ」

「では、その事情はなんですか？」

「言う必要はないわ」

「梶村さんの原稿料は……」

土田智子は追及した。

「あなたが使い込んだと同じことね。はっきりいえば横領なのね？」

「何をおっしゃるの？」

恵子は怒りで膝《ひざ》が震えてきた。この問答の間でもカメラのシャッターは間断なく切られていた。

このときだった。ドアの外から軽いノックが聞えた。

恵子も土田智子もこの音に気をとられた。

「ご免下さい」

男の声が言っている。

「井沢恵子さんのお宅ですね？」

「はい」

「恵子は立ったが、土田智子とほかの二人とは何やら合点したように眼を見合せてうなずき合っていた。

恵子はドアを開けた。

三十前後の背広の男が二人廊下に立っている。

「あなたが井沢恵子さんですね？」

「はい」

「ぼくはこういう者ですが」

男は、上衣の内ポケットから黒い手帳を出した。刑事だった。恵子は息を呑んだ。

「おや、お客さんのようですね？」

素早く一人が部屋の内をのぞいた。

「はい、ちょっと……」

恵子は、頭のなかが空虚《うつろ》になった。

前川一徳の言葉か着々と現実になって現われていることだけが拡がっていた。

「すみませんが、ちょっとお訊《たず》ねしたいことがあるので、そのまま近くの署まで来ていただけないでしょうか？」

刑事のもの腰は紳士的だった。

「ここでお話ができませんか？」

恵子は咽喉《のど》に詰った声で言った。

「なに、すぐに済みますよ。大したことではないと思いますから」

「いま、すぐですか？」

「そうですね」

も一度、なかをのぞいて、

「お客さまのようだから、ぼくらはアパートの前でぶらぶらしながらお待ちしてもいいですよ」

すると、土田智子が畳を蹴《け》るようにして起《た》ち上ってきた。

「警視庁の方ですね？」

彼女は、男二人に対《むか》い、いきなり名刺を出した。

「こういう者ですが、恵子さんとお話がございましたら、どうぞご遠慮なく。わたしたちは一向に構いませんから」

カメラもいきなり来て、恵子を中心に刑事二人を入れて撮影しはじめた。恵子はめまいがしそうだった。

「刑事さん、やっぱり井沢さんを詐欺で逮捕されるんですか、それとも横領ですか？」

土田智子が勢い込んで質問した。

十三章　おだやかな陽

1

井沢恵子は××警察署を釈放された。

一晩その留置場に留められ、捜査官の取調べを受けて二十時間後に自由になった。

外の光りが眼に眩《まぶ》しかった。昨夜、うす暗い電灯の下で狭い畳の上に一晩中、身体を横たえたが一睡もしなかった。耳もとに巡査の靴音が絶えず聞えていた。

警察では恵子が女だという理由で、一般の留置場には入れず、いわゆる保護室と称する畳二畳の監房に入れた。しかし、そこが留置場の端になっていることは変りはない。

男たちの房は満員だった。彼らの低い話し声が聞えてくる。巡査がときどきその声を叱った。

房に入る前も、出されてからも、係官の訊問《じんもん》を受けた。嫌疑の要点は横領罪だった。梶村久子の原稿を勝手に金に換えて、その一部を着服したというのである。

明らかに前川一徳が訴えた通りのものだった。

「女性の君を訴えるなどとは、君も、よほど、先方に恨みを持たれたんだな」

係官も言っていた。

「大金ではあるまいし、わずか十五万円だがな……しかし、われわれとしては告発があれば受理しないわけにはいかないからね。なんとか示談ですめば済ませたほうがいいな」

恵子は唇を噛《か》んでいた。

「裏にどんな事情があるか知らないが、君も、よっぽど憎まれたものだ」

係官は暗に恵子と前川一徳との間に、何か男女関係を想像しているようだった。

恵子は係官の前でも和夫に貸した金のことはいわなかった。ただ前川の告発で山根だけは参考人として呼び出されたらしい。

「山根は確かに君から借りたといっている。病妻の入院費に君の好意で借りたといっているが、そんな金なら君が贅沢《ぜいたく》で使ったわけではなし、警察としても考えようがあるんだが……あと、五万円も誰かに貸したのだろう？」

「いいえ、わたしが生活費に使ったんです」

恵子はそれで押し通した。

山根が恵子の事情をはじめて知っておどろいたらしく、今朝十万円を持って係官に渡したことも係官の心証をよくした。

「山根君は君に会うのが辛《つら》いといって、この金を警察から返してくれと言ったよ」

係官はそう告げた。

恵子は、今さら前川や竹倉のところに抗議に行く気持にもなれなかった。これきり彼らとの縁が切れたのだから、これでせいせいした。ただあとは、土田智子の書いた週刊誌の記事だけだ。それには、恵子が警察に引かれて行く現場の写真が出るはずだ。

「週刊誌のほうかね？」

と係官も同情してくれた。

「ぼくのほうで、できるだけ抑えるように忠告はしてみよう」

警部補も同情してくれた。

だが、恵子はもうそんなものはどうでもよかった。週刊誌に何が出ても構わないのだ。いまは、ただ心の休養だけをとりたかった。

恵子は道を歩いたが、何もかも見るものが新鮮だった。電車も、自動車も、通行人も、街の景色も、別の世界のように映る。

たった一晩の経験でこれほど眼が変ったとはふしぎだった。空気がこれほど自由に吸えると感じたことはない。

――何もかも面倒だった。

眼に映っている世界が変ったように、これまで彼女の周囲にいた人間が悉《ことごと》く遠い過去のものになったような気がした。

竹倉も、大村も、前川も、土田智子も、山根も、梶村久子も、昨夜を境に何十年も前の過去になった人のように思えた。

考えるだけでも面倒だ。今はただ、自分のアパートに帰ってのびのびと眠りたかった。

電車に乗った。

むろん、見知らない顔ばかりだ。しかし、知らない人が今日ほど懐しく見えたことはない。知った人間が頭の中から消え、知らない人間が眼に印象的なのだ。恵子は、自分自身が内部で大きな変化を遂げているような気持がした。

西荻窪《にしおぎくぼ》で降りた。

みんな恵子の存在などは知らない顔で通っている。ここに異常な経験をした女がいるなどとは全く知らない顔つきばかりだった。かえって恵子のほうからだれかに一言でも話しかけてみたいくらいだった。

そのくせ知った人間に遇《あ》うのはうとましいのだ。

アパートに戻りかけると、恵子は、だれかに呼び止められているような気がした。

振り向くと、人通りの中から和夫が小走りに来ていた。

そうだ、この人も過去の人物の一人だ、と思い、彼女は和夫がひどく息せき切ったような顔をしているのを迎えていた。

「君、いま帰されたのかい？」

和夫は、彼女の前に来て真剣な眼で見つめた。

「帰されたって？」

「ぼくは、今朝、やっと事情を知ったのだ。……うちに刑事が来てね、君のことをきかれたんだよ」

「刑事が？」

「君のことを警察では相当調べたらしいね。そして、別れた亭主がぼくだということを知って、君のことを話してくれと言ったんだよ、ぼくは、そのとき初めて君の災難を知ったよ」

「…………」

「それで、すぐに君が留められている警察署に行ったんだが、たった今釈放したばかりということだった。それで、すぐに追っかけて来たんだが」

和夫はそこまで言って、

「すまなかった」

と頭を下げた。

「ぼくが無理を言ったばっかりに君に迷惑をかけて、ほんとにすまなかった」

「もう、いいわ」

恵子は歩きだした。実際、今そんなことを聞くのは面倒臭いだけだった。

「済んだことですから、もう、何も言わないで……」

「いや、そうはいかないよ、ぼくのために君が迷惑したんだもの。五万円は、今朝、ぼくが何とか大急ぎで都合してきた。……おふくろも知っているんだよ」

「お母さんが？」

恵子は和夫の言葉に彼を見上げた。

「そうなんだ。おふくろも今度のことで君を大ぶ理解したようだよ。五万円の金も、実は、その半分をおふくろが都合したようなものだよ」

「そう」

「何しろ、あの五万円はずいぶん助かったからね。それだけに、おふくろも今度は君をかなり理解したようだ」

恵子は、和夫のその言葉に、彼女への接近が読みとれた。

事実、彼の表情はこれまでになく恵子に積極的だった。

歩きながら話しているうちに、いつの間にかアパートの前に着いていた。

「ぼくは、君ともう少し話したい」

和夫は恵子の顔色をうかがった。

「君の部屋にあがってもいいかい？」

恵子も話したかった。

先ほどは誰にも会いたくないと思ったが、人恋しい気持もその下に潜んでいたのだった。

「君、これからどうする？」

和夫はきいた。

「さあ、自分でもよく分んないわ」

「あの出版社に帰るのかい？」

「もう、あんなところは勤めないつもりよ」

「しかし、君は、あれほど張切っていたじゃないか」

「ずいぶん前のことだわ……ちょっと待って」

部屋の前に来て鍵《かぎ》を差し込んだ。ドアが開いた。

内は恵子が出て行ったときのままだった。勤めから帰ったときのような気持だ。昨夜の異常な経験がまるで嘘のように思えてくる。

カーテンを開けると、窓から明るい陽が奔流してきた。

和夫は、もの珍しそうに部屋のなかを見回していた。

「いま、お茶をいれるわ」

小さな台所の前に立った。ガスの青白い焰《ほのお》の燃えるのを見ていると、虚《むな》しい心の中に何となくおだやかな充実感が湧き出てきた。女の日常的な習性からくるのかもしれなかった。

湯を急須《きゅうす》についだ。かぐわしい茶の匂いが鼻をついてくる。このときほど、その匂いが気持を豊かにしてくれたことはなかった。寒々とした留置場の一夜のショックが次第に慰められてきた。

和夫の前に茶を出した。

和夫は一口すすって恵子の顔を見た。

「さっき、君はこれからの方針が立っていないように聞いたが、ぼくに言えないような計画があるんじゃないか？」

「それは、どういう意味？」

「うむ」

和夫は言い出しにくそうにしていた。

「君は今のところを辞めたら、どこかの新しいところに移るんじゃないか？」

「いいえ、そんなことはありませんわ。もうこんな世界で泳ぐのは疲れてきたの」

「………」

「しばらく身体をやすめたら派出婦でも何でもなるわ。近くに派出家政婦会があって、この前、そこの人にきいてみたら、いまも派出婦が足りなくて困っていると言ってたわ」

「君がそんなことができるのか？」

「人がやっていることですもの。やれないはずはないわ」

「そんなことをしてどうするんだ？」

「どうにもならないでしょう」

「だろう？　そんな職業に就いても希望も何もないだろう？」

「希望ですって？」

恵子は低く笑った。

「どうせ、初めから希望なんかわたしにはなかったわ。あなたと別れてから、自分の前に素晴しい自由な天地が開けるかと思ったのは、ほんの束の間だったわ」

「もう、希望は持たないというのか？」

「持っても仕方がないでしょう。わたしが思ったほど世の中は素直でなかったわ。やっぱり無知だったのね」

「君は、もう少し活躍すると思ったな」

「どうして？」

「ぼくよりも頭はいいし、性格が強いから、マスコミにはぴったりだと思っていたよ」

「あなたの買いかぶりよ。……いえ、わたしも自分を買いかぶっていたのかもしれないわ」

「君は働いている間、好きな人はできなかったのか？」

和夫は唾《つば》をのんできいた。さきほどからそれが一ばん気にかかっているようであった。

「いいえ、そんな人はいなかったわ」

恵子は、ふと山根の顔を浮べた。彼も彼女には縁遠い男だった。

「そうか」

和夫は、ちょっと安心したようだったが、また心配そうに彼女をのぞきこんだ。

「しかし、若い女がひとりで働いていたんだから、誘惑はあったんじゃないか？」

「………」

恵子が黙ったので、彼は一そう気づかわしげに、

「え、どうだい、それはあったんだろう？」

とせきこんだ調子できいた。

「ええ、多少はね」

「そうだろうな」

彼はひとりでうなずいたが、顔色が変っていた。

「それは誰だい？」

と、眼を光らせてきく。

「名前をいうほどの人じゃないわ」

「そうか。一人じゃないんだね。そんな男が何人いたんだい？」

「………」

「恵子、頼むから教えてくれ」

「わたしには、男なんか興味がないわ」

恵子は心配げな顔の和夫に言った。

「男のいやらしさが、今度はよく分ったわ。短かい経験だったけれど、女ひとりで外で仕事をすることがどんなに大変だったか思い知らされたわ」

「そうか」

和夫は安心したようにうなずいた。

「それなのに、君は、どうしてひとりでまた働きに行くというのかい？」

「だって、ほかに仕方がないんですもの……わたしには、マスコミで働くことが背伸びだったと分ったわ。派出家政婦で結構よ。あれだって、立派な女の職業ですもの」

「その女の職業を君は捨てる気にならないのかい?」

「え?」

恵子は和夫の顔を見つめた。彼は少し赧《あか》くなっていた。彼女は彼の表情から彼が何を望んでいるか分った。ここまで随《つ》いてきたのも、彼にその希望があるからだった。

和夫と別れたのは、もともと彼の意志ではなかった。和夫が母を大事にするあまりに夫婦仲がうまくいかなかっただけである。

和夫には、恵子に対して十分な愛が残っていた。

「ね、恵子」

和夫は思い切ったように言った。

「こんなことは、ぼくの口から言えた義理ではないが、もう一度、ぼくといっしょになってくれないか?」

「………」

「君が出てから、ぼくはずっと寂しい気持で日を送ってきた。君が、ぼくにとって、どんなに大事な人だったか分ったんだ……分ったといえば母親《おふくろ》も自分の非を覚ったよ」

「………」

「君は信じないかもしれないが、事実はそうなんだ。母親はあのあと、ぼくに再婚しろといろいろと勧めたんだ。しかし、ぼくは、どんな話を持ち込まれても気乗りがしなかった。もともと、おふくろは、ぼくが大事なばかりに君に嫉妬《しっと》を持っていたんだからね」

「…………」

「だから、ぼくの悄気《しょげ》ている姿を見て後悔したんだな。はっきりと、母親は、もう一度、恵子さんに戻ってきてもらえないだろうかというんだ。それには、誰か人を立てて、君を説得するといっていた」

「…………」

「しかし、関係も何もない人を間に立てて、世間なみの口を利いてもらうよりも、ぼくは直接君に会って頼もうと思ったんだ。そのほうが、ぼくの本当の気持が分ってもらえると思ったよ」

和夫は恵子を凝視していたが、そこで坐《すわ》り直した。

「君が、ぼくやおふくろに憤っていることはよく分っている。だが、いま、君がひとりでまた働くと聞いたら、もう黙って帰れなくなったんだ。頼むから、恵子、ぼくのもとに戻ってくれ。もう、決して君を不幸にはしないから」

和夫はそこに手を突きそうであった。

2

三日後の夜だった。

恵子が荷物の整理をしていると、山根が遠慮そうに訪ねてきた。彼は蒼《あお》い顔をしていた。

「井沢さん、今度のあなたの災難には、なんといってお詫《わ》びしていいか分りません」

彼は部屋に通ると、きちんと頭を下げて謝った。

今日の彼はこざっぱりとした身なりをしていた。

「いいえ、もう済んだことですもの。山根さんだけの責任ではありませんわ」

恵子は言った。

「それに、十万円のお金は確かにいただきました。警察に持ってきていただいたそうで、係官の人から受け取りました」

「あなたに会うのが辛《つら》かったんです」

山根はうなだれていた。

「あんなことなら、あなたの好意を受けるんじゃなかった。ぼくは、どんなに後悔したか分りません」

「もうそんな話は止めましょう。わたしは、一時でも奥さまのご療養のお役に立ったかと思えばそれで悦《よろこ》んでいるんです」

「すみません」

山根は膝《ひざ》を崩さないで正坐《せいざ》していた。その様子がひどく固苦しく見える。

「どうぞお楽にして下さい」

「はあ」

恵子は、山根のその態度にはっとするような予感をおぼえた。

「山根さん……奥さんのご病気はどうなんですか？」

恵子は、すぐには返事をしないでいる山根を見つめた。

「家内は……」

山根はやっと言ったが、顔を上げないでいた。

「一昨夜、死にました」

「え？」

恵子は声を呑《の》んだ。山根の様子がおかしいと思ったが、やっぱりそうだったのか。

「急だったんです。医者もびっくりしているくらいです。容態がにわかに悪化して、発作を起したのです」

恵子は、いつぞや会った彼の妻の顔を浮べた。その人は決して恵子には快い印象を残していないが、亡くなったと聞けば、やはり平静ではいられなかった。恵子も改まった。

「どうお慰めしていいか分りませんわ」

恵子は肩を落している山根に、そう挨拶《あいさつ》するほかはなかった。山根が気の毒でならない。

「それでは、いま、そのお取り込みの最中ではないんですか？」

「そうなんです。明日の午後、葬式をしたいと思うんです……だが、あなたのことも気になって、どうしてもお目にかかってお詫びしなければならないと思い、じっとしていられなかったんです。これは死んだ家内のぶんまで含めて、お世話になったお礼を申し上げたかったんです」

「わざわざお忙しいところを済みません。どうぞ一刻も早くお帰り下さい。お家《うち》のほうが大へんでしょう」

「はあ」

山根は膝に手を置いていたが、すぐに帰る様子もなかった。彼が何か言いたげだった。恵子は山根を送って出た。

山根はあれから三十分以上も残っていた。彼は恵子に何かを言いたそうだった。それは彼の表情を見れば分る。そのことは、彼の妻の死亡と無関係ではなく思われた。

しかし、臆病《おくびょう》な彼は、結局、何も言い出さないで終った。

「井沢さん、もう少し落ちついたら、あなたにぜひお話したいことがあるんです……」

それが何を意味しているのか恵子はよく分っていた。

しかし、山根が次にここに訪ねてくるときは、恵子はこのアパートを引き揚げているはずだった。だから、それは山根にはっきりと伝えておかなければならない。

恵子がいっしょに駅まで見送るといって彼と出たのも、さり気なくそれを告げたいためだった。

「山根さん、わたし、勤めを辞めますわ」

「そうですか、それがいいですね」

「いろいろ事情があるんです」

「事情？」

山根の顔がそれを聞いて曇った。彼は何かを察したらしい。

恵子はあとでもそのときの場面を憶《おぼ》えている。駅の近くのマーケットの付近だった。魚屋の前に人が群れている。子供が泣いていた。踏切には電車が走り、自動車が列を作って待っていた。

「別れた亭主のところに帰りますの」

彼女は気軽に言おうとした。

「やっぱり、結婚すると、女はそれからなかなか脱《ぬ》けられないのね。結局、わたしが旧《ふる》い女だったということがよく分りましたわ」

山根の足がふいにとまった。彼はいまにもそこにうずくまりそうになっていた。

――山根を駅に送って行った帰り、恵子の心のなかには虚《むな》しいものがいっぱいひろがっていた。

それは、大事なものを、一つ失ったときの感じだった。

和夫といっしょになっても、先の生活は分りきっていた。それほどの希望もなく、発展も期待できなかった。彼女の知りつくしているもとの生活だった。

恵子はホームまで行って、山根が電車に乗るまで見送った。

電車の窓から彼の顔がのぞくかと思ったが、それはなかった。沢山の知らない顔が詰っている窓だけが彼女の前を走り過ぎた。最後の車輛《しゃりょう》が通過したあと、虚しい風が彼女の頰を打った。その気持がまだつづいている。

やりきれないはかなさであった。

本屋に寄って、この気持を紛らわしてくれそうなものを探していると、土田智子が籍をおいている週刊誌が眼についた。恵子は取ってひろげて見た。

自分のことが書かれていた。写真まで付いている。さすがに本名だけは伏せていたが、四頁ものの長さだった。しかし、恵子には何の感情も起こらなかった。空虚な風が活字の上に吹いていていた。

夫の和夫は朝刊をひろげていたが、

「とうとう梶村久子さんも死んだね」

と恵子に言った。

いつか新緑もすぎて、暑い夏がきていた。アパートの軒には風鈴が揺れている。恵子もその新聞を今朝早く読んで知っていた。

「あのひとは最後まで病院にいたんだね」

夫は新聞を閉じ、仰向《あおむ》きになって煙草の烟《けむ》りを上にあげていた。眼をつむったまま、彼はぼそりと言った。

「君があとで払った十五万円も、ああいう病院では相当役に立ったんだろうね」

恵子は黙っていた。

このアパートを二人で借りてから半月ほど経っていた。ほとんどがサラリーマンで朝の忙しさはどの部屋も同じだったが、今日は日曜なので、同じようにひっそりとしていた。

「こうしていると、まるで前の続きみたいだな」

和夫は言った。

恵子もそれを考えていたところだった。僅《わず》かな間だったが、ずい分いろいろなことがあった。死んだ梶村久子をはじめ、竹倉も、大村も、前川も、山根も、今となっては町角で出会った人間のように遠くへ去ってしまっている。

まるで初めから彼らが存在しなかったようだった。あれは幻想だったような気がする。あるのは、こうして夫の和夫といっしょに朝のアパートの一室に生活している現実だった。前からの生活がずっとつづいているような意識になっていて、断絶感がなかった。あの異常な経験も錯覚だったような気がする。

夫は吸いつくした煙草を灰皿に捨てると、両腕を伸ばしてあくびをした。

「天下泰平だな」

彼は満足そうにつぶやいた。

「世はあげて、事もなし、か……」

半分睡たげな声だったが、急に眼を開けると、

「恵子、今日、昼から映画でも行こうか?」

と言った。

「あら、今日はおかあさんの見える日ですわ」

「そうだな……おふくろは別居してからすっかり仏になったよ。今日は寿司《すし》でも作ってご馳走《ちそう》してやれよ」

「ええ」

恵子は自分を勇気のない女だと思った。もっと意志の強い女だったら、あの道を独りで前進して行ったかもしれない。彼女はそれを考えると寂しくならないこともなかった。が、その一方、大きな安定感が戻ったことも否定はできなかった。船がもとの港に戻ったと同じような感じだった。

この港の景色は前と少しも変っていない。退屈で野心がなく、睡っているような生活だった。

(臆病な女は仕方がないわ)

彼女は自分に言いきかせた。

今では幻影にしかすぎなくなった冒険が懐しくもあった。

解説

細《ほそ》谷《や》　正《まさ》充《みつ》

昭和を代表する作家といわれて、あなたは誰を連想するだろうか。小説の好きな人なら、即座に十人や二十人は挙げられると思う。その中に高確率で、松本清張《まつもとせいちょう》の名前が入っているはずである。平成四年に亡くなるまで執筆を続けた作者だが、やはり活動の中心は昭和といっていい。『点と線』『眼の壁』によって、いわゆる社会派ミステリー・ブームを昭和三十年代に巻き起こしてから、常にエンターテインメント・ノベルの最前線で活躍し、数々の作品を生み出してきたのだ。

しかし一方で、松本作品は昭和を越え、平成から令和という時代でも読み継がれている。これに関して、ひとつの記憶がある。作者が亡くなりしばらくして、書店の棚から文庫の松本作品が減っていったのだ。エンターテインメント作家には、よく見られる現象であり、作者も一握りの名作が残るだけかと思ってしまった。だが、そんな考えは大きな間違いだった。作品のテレビドラマ化や映画化が相次ぎ、新たな若い読者を獲得。再び、文庫も改装版などで復刊し、たちまち松本作品が書店の文庫の棚を占拠するようになったのである。作者に関する書籍も多く、私も二〇〇五年に『松本清張を読む』というガイドブックを刊行した。作者と作品に対する関心は常に高く、時代を超越するだけの力が膨大な物語にあったのだ。

では、その力の源泉は何か。人間の持つ普遍的な感情を刺激することだ。さまざまな形で存在する社会の抑圧や理不尽。これを怨《うら》み・妬《ねた》み・嫉《そね》みなど、誰もが抱えている感情と共に抉《えぐ》り出すのである。

しかも作品はバラエティに富んでいる。戦後日本に対するGHQの理不尽は、『小説帝銀事件』『日本の黒い霧』等の小説やノンフィクションへと結実した。一方で、小市民が会社や家庭から受ける抑圧や理不尽を、ミステリーの形で描いた作品も数多い。本書『美しき闘争』も、そのような物語といっていいだろう。出版業界を舞台に、男性社会のあれこれに翻弄《ほんろう》されるヒロインの軌跡を綴《つづ》った長篇である。

『美しき闘争』は、「京都新聞」他に一九六二年一月から十月にかけて連載。一九八四年十一月に、カドカワノベルズから上下巻で刊行された。物語は井沢恵子が、夫の米村和夫と離婚した場面から始まる。姑との確執に疲れ、結婚生活が一年で破綻《はたん》したのだ。米村家を出て、行き先に困った恵子は、女流作家の梶村久子を頼る。かつて文学少女で、作家の高野秀子の秘書のようなことをしていた恵子は、それなりに文壇に知り合いがいるのだ。しかし久子の家には、彼女と男女の関係らしい、評論家の大村隆三がいた。大村の態度で久子に誤解されてしまい、恵子は困惑する。

その後、大村の下心ありのお節介により、「週刊婦人界」の記者の職を得ることができた。ところが働き始めて早々に、「週刊婦人界」は小説界社に編集者込みで身売り。小説界社の竹倉社長がエロ路線を強めるといい、多くの編集者が反発。人のいい山根編集長が苦慮する。ピンク・ルポの取材で熱海の温泉街に行った恵子だが、竹倉社長に襲われ、からくも逃れる。また、小説界社の編集部長・前川一徳と久子が一緒にいるのを目撃する。なにかと身辺の落ち着かない恵子だが、やがて久子が湯河原で死んだという情報が入ってきた。だが詳細は不明だ。そして訳がわからないまま、湯河原に行くことを命じられるのだった。

本書に登場する男性陣は、病気の妻を抱えている山根編集長を除くと、クズ野郎ばかりである。大村隆三・竹倉社長・前川一徳の三人は、それぞれ恵子を狙い、魔手を伸ばす。彼らの欲情を描く作者の筆は冴《さ》えており、それだけに読んでいてムカムカしてくる。また、恵子に未練たらたらの米村和夫は、別ベクトルのダメ野郎だ。人はいいがマザコンで、結婚しているときは妻と姑の緩衝材になることができなかった。それなのに他人になった恵子に独善的なことをいうのである。本書のヒロイン、どうにも男運がない。

さらに、久子が死んだという話を聞いてからの、後半の展開にも注目したい。本当に久子は死んだのか。ミステリーの興味でストーリーを巧みに引っ張り、しだいに真実が見えてくる。そこから浮かび上がるのは、やはり男の身勝手な姿なのだ。男の理不尽な欲望に翻弄される恵子は痛々しく、だからこそ目が離せない。そういえば、カドカワノベルズ版の「作者のことば」に、

「家庭の外に職業を持つ女性は多い。

心と生活の自立、――それが彼女たちの願望と言えるだろう。

が、社会の複雑な人間関係の中で、その実現は必ずしも容易ではない。

さまざまな障害があるだろう。女性ゆえのハンディも否定し切れまい。

平坦《へいたん》とは言えぬ、その道のりで、彼女たちは健気に戦い、迷い、そして悩む。

夫と離婚、週刊誌記者として働くヒロインに託して、その姿を描いてみた。」

と、記されている。留意したいのは、この言葉が本の刊行時――すなわち一九八四年のものであることだ。「雇用の分野における男女の均等な機会及び待遇の確保等女子労働者の福祉の増進に関する法律」、いわゆる〝男女雇用機会均等法〟が制定されたのは翌八五年のこと（実施は八六年）。まだ、社会のさまざまな分野で、女性に対する差別や機会の損失などが、当たり前に行われていた。ましてや作品が連載された一九六二年当時、社会における女性の扱いが、種々の問題を孕《はら》んでいたことはいうまでもない。それを作者は、出版業界で働くようになった恵子を通じて、鮮やかに表現してのけたのである。

なお作者は本作と同時期に、大企業のＢＧ（ビジネスガール。現在のＯＬ）を主人公とした長篇ミステリー『ガラスの城』を「若い女性」に連載していた。もともと清張作品には女性を主役にしたものが少なくないが、この時期、職業婦人に焦点を当てて、社会の理不尽を描こうという意図があったのかもしれない。

さて、男性陣ばかり貶《けな》してしまったが、女性陣も恵子を翻弄する。「週刊婦人界」の記者の土田智子や、ある理由で恵子が頼ろうとした女性作家たち。彼女たちの言動も身勝手であり、醜い人間性を露呈させているのだ。多数の登場人物によって、出版業界の汚れた部分を読者に見せつけることも、本書の目的だったのではなかろうか。なるほど、雑誌ではなく新聞連載だから書けた作品かもしれない。

出版業界で、さんざんな目に遭った恵子は、どうなるのか。本書の着地点に、納得できない読者がいるかもしれない。現代的な感覚では、そう思ってもおかしくないのだ。しかし恵子は、「女の不幸は、それがどんなかたちでも、半分は自分の過失だと思うわ」といってしまう、昭和の女である。だから彼女は、きわめて昭和的な選択をするのだ。

それでも恵子は、たしかに男性社会と戦った。この事実はなくならない。昭和から比べればよくなったが、令和の現在でも女性は、幾つもの社会的な苦労を負うことがある。そうした女性たちが本書を読めば、共感や反感など、激しい感情を覚えることだろう。半世紀以上前に書かれた物語が古臭くならず、今も読まれる理由はここにある。

本書は、昭和六十年十一月十日初版の角川文庫旧版を改版したものです。本文中には、女中、寡婦《やもめ》など、今日の人権擁護の見地に照らして、不適切と思われる語句や表現があります。作品全体として差別を助長するものではなく、著者が故人である点も考慮して原文のままとし、著作権継承者と協議のうえ一部を修正しました。

（編集部）

美《うつく》しき闘《とう》争《そう》 下

新装版《しんそうばん》

松本《まつもと》清張《せいちょう》

昭和60年 11月10日　初版発行
令和３年 11月25日　改版初版発行
令和６年 12月10日　改版６版発行

発行者●山下直久

発行●株式会社KADOKAWA
〒102-8177　東京都千代田区富士見2-13-3
電話　0570-002-301(ナビダイヤル)

角川文庫 22906

印刷所●株式会社KADOKAWA
製本所●株式会社KADOKAWA

表紙画●和田三造

◎本書の無断複製（コピー、スキャン、デジタル化等）並びに無断複製物の譲渡および配信は、著作権法上での例外を除き禁じられています。また、本書を代行業者等の第三者に依頼して複製する行為は、たとえ個人や家庭内での利用であっても一切認められておりません。
◎定価はカバーに表示してあります。

●お問い合わせ
https://www.kadokawa.co.jp/（「お問い合わせ」へお進みください）
※内容によっては、お答えできない場合があります。
※サポートは日本国内のみとさせていただきます。
※Japanese text only

©Seicho Matsumoto 1984, 1985, 2021　Printed in Japan
ISBN 978-4-04-111604-3　C0193

角川文庫発刊に際して

角川源義

第二次世界大戦の敗北は、軍事力の敗北であった以上に、私たちの若い文化力の敗退であった。私たちの文化が戦争に対して如何に無力であり、単なるあだ花に過ぎなかったかを、私たちは身を以て体験し痛感した。西洋近代文化の摂取にとって、明治以後八十年の歳月は決して短かすぎたとは言えない。にもかかわらず、近代文化の伝統を確立し、自由な批判と柔軟な良識に富む文化層として自らを形成することに私たちは失敗して来た。そしてこれは、各層への文化の普及滲透を任務とする出版人の責任でもあった。

一九四五年以来、私たちは再び振出しに戻り、第一歩から踏み出すことを余儀なくされた。これは大きな不幸ではあるが、反面、これまでの混沌・未熟・歪曲の中にあった我が国の文化に秩序と確たる基礎を齎らすためには絶好の機会でもある。角川書店は、このような祖国の文化的危機にあたり、微力をも顧みず再建の礎石たるべき抱負と決意とをもって出発したが、ここに創立以来の念願を果すべく角川文庫を発刊する。これまで刊行されたあらゆる全集叢書文庫類の長所と短所とを検討し、古今東西の不朽の典籍を、良心的編集のもとに、廉価に、そして書架にふさわしい美本として、多くのひとびとに提供しようとする。しかし私たちは徒らに百科全書的な知識のジレッタントを作ることを目的とせず、あくまで祖国の文化に秩序と再建への道を示し、この文庫を角川書店の栄ある事業として、今後永久に継続発展せしめ、学芸と教養との殿堂として大成せんことを期したい。多くの読書子の愛情ある忠言と支持とによって、この希望と抱負とを完遂せしめられんことを願う。

一九四九年五月三日

角川文庫ベストセラー

顔・白い闇　松本清張

有名になる幸運は破滅への道でもあった。役者が抱える過去の秘密を描く「顔」、出張先から戻らぬ夫の思いがけない裏切り話に潜む罠を描く「白い闇」の他、「張込み」「声」「地方紙を買う女」の計5編を収録。

小説帝銀事件 新装版　松本清張

占領下の昭和23年1月26日、豊島区の帝国銀行で発生した毒殺強盗事件。捜査本部は旧軍関係者を疑うが、画家・平沢貞通に自白だけで死刑判決が下る。昭和史の闇に挑んだ清張史観の出発点となった記念碑的名作。

山峡の章　松本清張

昌子は九州旅行で知り合ったエリート官僚の堀沢と結婚したが、平穏で空虚な日々ののちに妹伶子と夫の失踪が起こる。死体で発見された二人は果たして不倫だったのか。若手官僚の死の謎に秘められた国際的陰謀。

水の炎　松本清張

東都相互銀行の若手常務で野心家の夫、塩川弘治との結婚生活に心満たされぬ信子は、独身助教授の浅野を知る。彼女の知的美しさに心惹かれ、愛を告白する浅野。美しい人妻の心の遍歴を描く長編サスペンス。

死の発送 新装版　松本清張

東北本線・五百川駅近くで死体入りトランクが発見された。被害者は東京の三流新聞編集長・山崎。しかし東京・田端駅からトランクを発送したのも山崎自身だった。競馬界を舞台に描く巨匠の本格長編推理小説。

角川文庫ベストセラー

失踪の果て　松本清張

中年の大学教授が大学からの帰途に失踪し、赤坂のマンションの一室で首吊り死体で発見された。自殺か他殺か。表題作の他、「額と歯」「やさしい地方」「繁盛するメス」「春田氏の講演」「速記録」の計6編。

紅い白描　松本清張

美大を卒業したばかりの葉子は、憧れの葛山デザイン研究所に入所する。だが不可解な葛山の言動から、彼の作品のオリジナリティに疑惑をもつ。一流デザイナーの恍惚と苦悩を華やかな業界を背景に描くサスペンス。

黒い空　松本清張

辣腕事業家の山内定子が始めた結婚式場は大繁盛だった。しかし経営をまかされていた小心者の婿養子・善朗はある日、口論から激情して妻定子を殺してしまう。河越の古戦場に埋れた長年の怨念を重ねた長編推理。

数の風景　松本清張

土木設計士の板垣は、石見銀山へ向かう途中、計算狂の美女を見かける。投宿先にはその美女と、多額の負債を抱え逃避行中の谷原がいた。谷原は一攫千金の事業を思いつき実行に移す。長編サスペンス・ミステリ。

犯罪の回送　松本清張

北海道北浦市の市長春田が東京で、次いで、その政敵早川議員が地元で、それぞれ死体で発見された。地域開発計画を契機に、それぞれの愛憎が北海道・東京間を行き交う。鮮やかなトリックを駆使した長編推理小説。

角川文庫ベストセラー

一九五二年日航機「撃墜」事件　松本清張

昭和27年4月9日、羽田を離陸した日航機「もく星」号は、伊豆大島の三原山に激突し全員の命が奪われた。パイロットと管制官の交信内容、犠牲者の一人で謎の美女の正体とは。世を震撼させた事件の謎に迫る。

松本清張の日本史探訪　松本清張

独自の史眼を持つ、社会派推理小説の巨星が、日本史の空白の真相をめぐって作家や碩学と大いに語る。日本の黎明期の謎に挑み、時の権力者の政治手腕を問う。聖徳太子、豊臣秀吉など13のテーマを収録。

聞かなかった場所　松本清張

農林省の係長・浅井が妻の死を知らされたのは、出張先の神戸であった。外出先での心臓麻痺による急死とのことだったが、その場所は、妻から一度も聞いたことのない町だった。一官吏の悲劇を描くサスペンス長編。

潜在光景　松本清張

20年ぶりに再会した泰子に溺れていく私は、その幼い息子に怯えていた。それは私の過去の記憶と関わりがあった。表題作の他、「八十通の遺書」「発作」「鉢植を買う女」「鬼畜」「雀一羽」の計6編を収録する。

男たちの晩節　松本清張

昭和30年代短編集①。ある日を境に男たちが引き起こす生々しい事件。「いきものの殻」「筆写」「遺墨」「延命の負債」「空白の意匠」「背広服の変死者」「駅路」の計7編。「背広服の変死者」は初文庫化。

角川文庫ベストセラー

三面記事の男と女　松本清張

昭和30年代短編集②。高度成長直前の時代の熱は、地道な庶民の気持ちをも変え、三面記事の紙面を賑わす事件を引き起こす。「たづたづし」「危険な斜面」「記念に」「不在宴会」「密宗律仙教」の計5編。

偏狂者の系譜　松本清張

昭和30年代短編集③。学問に打ち込み業績をあげながら、社会的評価を得られない研究者たちの情熱と怨念。「笛壺」「皿倉学説」「粗い網版」「陸行水行」の計4編。「粗い網版」は初文庫化。

神と野獣の日　松本清張

「重大事態発生」。官邸の総理大臣に、防衛省統幕議長がうわずった声で伝えた。Z国から東京に向かって誤射された核弾頭ミサイル5個。到着まで、あと43分！　SFに初めて挑戦した松本清張の異色長編。

乱灯　江戸影絵（上）（下）　松本清張

江戸城の目安箱に入れられた一通の書面。それを読んだ将軍徳川吉宗は大岡越前守に探索を命じるが、その最中に芝の寺の尼僧が殺され、旗本大久保家の存在が浮上する。将軍家世嗣をめぐる思惑。本格歴史長編。

夜の足音　短篇時代小説選　松本清張

無宿人の竜助は、岡っ引きの粂吉から奇妙な仕事を持ちかけられる。離縁になった若妻の夜の相手をしろという。表題作の他、「噂始末」「三人の留守居役」「破談変異」「廃物」「背伸び」の、時代小説計6編。

角川文庫ベストセラー

落差（上）（下） 新装版　松本清張

日本史教科書編纂の分野で名を馳せる島地章吾助教授は、学生時代の友人の妻などに浮気心を働かせていた。教科書出版社の思惑にうまく乗り、島地は自分の欲望のまま人生を謳歌していたのだが……社会派長編。

或る「小倉日記」伝　松本清張

史実に残らない小倉在住時代の森鷗外の足跡を、歳月をかけひたむきに調査する田上とその母の苦難。芥川賞受賞の表題作の他、「父系の指」「菊枕」「笛壺」「石の骨」「断碑」の、代表作計6編を収録。

葦の浮船 新装版　松本清張

某大学の国史科に勤める小関は、出世株である同僚の折戸に比べ風采が上らない。好色な折戸は、小関が親密にする女性にまで歩み寄るが……大学内の派閥争いと2人の男たちの愛憎を描いた、松本清張の野心作！

感傷の街角　大沢在昌

早川法律事務所に所属する失踪人調査のプロ佐久間公がボトル一本の報酬で引き受けた仕事は、かつて横浜で遊んでいた〝元少女〟を捜すことだった。著者23歳のデビューを飾った、青春ハードボイルド。

漂泊の街角　大沢在昌

佐久間公は芸能プロからの依頼で、失踪した17歳の新人タレントを追ううち、一匹狼のもめごと処理屋・岡江から奇妙な警告を受ける。大沢作品のなかでも屈指の人気を誇る佐久間公シリーズ第2弾。

角川文庫ベストセラー

追跡者の血統　大沢在昌

六本木の帝王の異名を持つ悪友沢辺が、突然失跡した。沢辺の妹から依頼を受けた佐久間公は、彼の不可解な行動に疑問を持ちつつ、プロのプライドをかけて解明を急ぐ。佐久間公シリーズ初の長編小説。

かくカク遊ブ、書く遊ぶ　大沢在昌

物心ついたときから本が好きで、ハードボイルド作家になろうと志した。しかし、六本木に住み始め、遊びを覚え、大学を除籍になってしまった。そんな時に大沢在昌に残っていたものは、小説家になる夢だけだった。

天使の牙（上）（下）　大沢在昌

新型麻薬の元締め〈クライン〉の独裁者の愛人はつみが警察に保護を求めてきた。護衛を任された女刑事・明日香ははつみと接触するが、銃撃を受け瀕死の重体に。そのとき奇跡は二人を〝アスカ〟に変えた！

天使の爪（上）（下）　大沢在昌

麻薬密売組織「クライン」のボス、君国の愛人の体に脳を移植された女刑事・アスカ。かつて刑事として活躍した過去を捨て、麻薬取締官として活躍するアスカの前に、もう一人の脳移植者が敵として立ちはだかる。

深夜曲馬団《ミッドナイトサーカス》　大沢在昌

フォトライター沢原は、狙うべき像を求めてやみくもに街を彷徨った。初めてその男と対峙した時、直感した……〝こいつだ〟と。「鏡の顔」の他、四編を収録。日本冒険小説協会最優秀短編賞受賞作品集。

角川文庫ベストセラー

夏からの長い旅　大沢在昌

最愛の女性、久邇子と私の命を狙うのは誰だ？　第二の事件が起こったとき、忘れようとしていたあの夏の出来事が蘇る。運命に抗う女のために、下ろすことのできない十字架を背負った男の闘いが始まる！

シャドウゲーム　大沢在昌

シンガーの優美は、首都高で死亡した恋人の遺品の中から〈シャドウゲーム〉という楽譜を発見した。事故から恋人の足跡を遡りはじめた優美は、彼に楽譜を渡した人物もまた謎の死を遂げていたことを知る。

六本木を1ダース　大沢在昌

日曜日の深夜0時近く。人もまばらな六本木で私を呼び止めた女がいた。そして行きつけの店で酒を飲むうちに、どこかに置いてきた時間が苦く解きほぐされていく。六本木の夜から生まれた大人の恋愛小説集。

眠りの家　大沢在昌

学生時代からの友人潤木と吉沢は、千葉・外房で奇妙な円筒形の建物を発見し、釣人を装い調査を始めたが……表題作のほか、不朽の名作「ゆきどまりの女」を含む全六編を収録。短編ハードボイルドの金字塔。

一年分、冷えている　大沢在昌

人生には一杯の酒で語りつくせぬものなど何もない。それぞれの酒、それぞれの時間、そしてそれぞれの人生。街で、旅先で聞こえてくる大人の囁きをリリカルに綴ったとっておきの掌編小説集。

角川文庫ベストセラー

烙印の森　大沢在昌

私は犯罪現場専門のカメラマン。特に殺人現場にこだわるのは、〝フクロウ〟と呼ばれる殺人者に会うためだ。その姿を見た生存者はいない。何者かの襲撃を受けた私は、本当の目的を果たすため、戦いに臨む。

ウォームハート　コールドボディ　大沢在昌

ひき逃げに遭った長生太郎は死の淵から帰還した。実験台として全身の血液を新薬に置き換えられ「生きている死体」として蘇ったのだ。それでもなお、愛する女性を思う気持ちが太郎をさらなる危険に向かわせる。

B・D・T［掟の街］　大沢在昌

不法滞在外国人問題が深刻化する近未来東京、急増する身寄りのない混血児「ホープレス・チャイルド」が犯罪者となり無法地帯となった街で、失跡人を捜す私立探偵ヨヨギ・ケンの前に巨大な敵が立ちはだかる！

悪夢狩り　大沢在昌

未完成の生物兵器が過激派環境保護団体に奪取され、その一部がドラッグとして日本の若者に渡ってしまった。フリーの軍事顧問・牧原は、秘密裏に事態を収拾するべく当局に依頼され、調査を開始する。

今夜は眠れない　宮部みゆき

中学一年でサッカー部の僕、両親は結婚15年目、ごく普通の平和な我が家に、謎の人物が5億もの財産を母さんに遺贈したことで、生活が一変。家族の絆を取り戻すため、僕は親友の島崎と、真相究明に乗り出す。

角川文庫ベストセラー

夢にも思わない　宮部みゆき

秋の夜、下町の庭園での虫聞きの会で殺人事件が。殺されたのは僕の同級生のクドウさんの従妹だった。被害者への無責任な噂もあとをたたず、クドウさんも沈みがち。僕は親友の島崎と真相究明に乗り出した。

あやし　宮部みゆき

木綿問屋の大黒屋の跡取り、藤一郎に縁談が持ち上がったが、女中のおはるのお腹にその子供がいることが判明する。店を出されたおはるを、藤一郎の遣いで訪ねた小僧が見たものは……江戸のふしぎ噺9編。

お文《ふみ》の影　宮部みゆき

月光の下、影踏みをして遊ぶ子どもたちのなかにぽつんと女の子の影が現れる。影の正体と、その因縁とは。「ぼんくら」シリーズの政五郎親分とおでこの活躍する表題作をはじめとする、全6編のあやしの世界。

過ぎ去りし王国の城　宮部みゆき

早々に進学先も決まった中学三年の二月、ひょんなことから中世ヨーロッパの古城のデッサンを拾った尾垣真。やがて絵の中にアバター（分身）を描き込むことで、自分もその世界に入り込めることを突き止める。

おそろし　三島屋変調百物語事始　宮部みゆき

17歳のおちかは、実家で起きたある事件をきっかけに心を閉ざした。今は江戸で袋物屋・三島屋を営む叔父夫婦の元で暮らしている。三島屋を訪れる人々の不思議話が、おちかの心を溶かし始める。百物語、開幕！

角川文庫ベストセラー

あんじゅう
三島屋変調百物語事続
宮部みゆき

泣き童子
三島屋変調百物語参之続
宮部みゆき

三鬼
三島屋変調百物語四之続
宮部みゆき

あやかし草紙
三島屋変調百物語伍之続
宮部みゆき

ブレイブ・ストーリー（上）（中）（下）
宮部みゆき

ある日おちかは、空き屋敷にまつわる不思議な話を聞く。人を恋いながら、人のそばでは生きられない暗獣〈くろすけ〉とは……宮部みゆきの江戸怪奇譚連作集「三島屋変調百物語」第2弾。

おちか1人が聞いては聞き捨てる、変わり百物語が始まって1年。三島屋の黒白の間にやってきたのは、死人のような顔色をしている奇妙な客だった。彼は虫の息の状態で、おちかにある童子の話を語るのだが……。

此度の語り手は山陰の小藩の元江戸家老。彼が山番士として送られた寒村で知った恐ろしい秘密とは!? せつなくて怖いお話が満載！　おちかが聞き手をつとめる変わり百物語、「三島屋」シリーズ文庫第四弾！

「語ってしまえば、消えますよ」人々の弱さに寄り添い、心を清めてくれる極上の物語の数々。聞き手おちかの卒業をもって、百物語は新たな幕を開く。大人気「三島屋」シリーズ第1期の完結篇！

ごく普通の小学5年生亘は、友人関係やお小遣いに悩みながらも、幸せな生活を送っていた。ある日、父から家を出てゆくと告げられる。失われた家族の日常を取り戻すため、亘は異世界への旅立ちを決意した。